U0017247

The Ultimate Illustrated CHINESE Grammar Guide

看圖學中文語法

圖解
語法

劉崇仁 / 編著

加強
練習

解決
難題

結合日常生活用語
輕鬆掌握中文語法

國立臺灣師範大學國語教學中心 策劃
Mandarin Training Center National Taiwan Normal University

前　言

　　本書匯集並整理進階、高階華語語法重點，為進階及高階級語法複習與教學輔助用書。針對準備參加「華語文能力測驗（TOCFL）」進階高階級（Band B）以及想在課堂外複習進階或高階語法的學習者，提供有系統的練習重點與自我檢測方向；亦可作為教師在課堂教授語法時的參考輔助用書。

　　為使學習者不覺枯燥且產生對語法學習的興趣，本書以生動活潑的圖解方式呈現各個語法使用特性，各項練習設計與內容亦力求豐富、多元，以利參加 B 等能力測驗的學習者和自學者能充分掌握並建立正確的中文句式結構。

　　本書盡量將結構可相互呼應，但用法和功能不同的語法點安排在同一單元或前、後單元，以利學習者綜合比較、前後參考。此外，編寫時亦結合功能主題及 Band B 測驗的五千個詞彙，讓學習者同時習得常用句型，進一步運用於日常生活中，以符合能力指標的描述。

進階高階級：著重在語言段落的理解分析能力。

進階級：能讀懂個人感興趣的主題或與專攻領域相關的文章；前提是文章以淺白、
　　　　平鋪直敘的方式寫作而成。

高階級：在閱讀時具有相當大的自主性，能因應不同的文本及目的，採用不同的閱讀策
　　　　略和速度。具備廣泛且可隨時提取的閱讀詞彙，但對於不常見的慣用語，可能
　　　　有理解上的困難。

　　各語法單元除圖片和典型例句，也標示結構重點，其後有各類練習題目，學習者可藉以檢測是否已習得、掌握該語法點。書末並附上三回模擬練習題，進一步強化語法的掌握，並增進考前的信心。

　　敬祝 使用本書的學習者都能掌握 B 等的華語文語法點，並順利通過考試！

國立臺灣師範大學國語教學中心

Forword

All advanced grammar points were collected and included in **The Ultimate Illustrated Chinese Grammar Guide: Advanced Level,** making it an excellent reference guide for advanced level students and their teachers. It is also ideal for individuals preparing for the TOCFL Band B and Chinese language learners who wish to study basic Chinese grammar on their own. It includes systematic exercises, drills, and self-evaluation tests. It can be used by teachers as a reference book when teaching Chinese.

This book is designed to be dynamic and engaging to make studying Chinese more interesting and to increase student motivation. The exercises and content are designed to make preparing for the TOCFL Band B easier and to give Chinese language learners a better overall understanding of Chinese grammar.

Grammar points with similar structures but with different usage and functions are arranged in the same unit or the next unit, so that learners can compare and contrast them. In addition, grammar points are integrated into topics that deal with daily life and that match with the TOCFL vocabulary found in Band B. Learners that practice the sentences patterns frequently will find it easy to apply them to their daily lives. The principles used in this book correspond to the language learning ability index.

TOCFL Band B (Reading):

Ability to comprehend and analyze dialogues and texts

Level 3: The Level 3 test taker can read straightforward factual texts on subjects related to his/her field and interest with a satisfactory level of comprehension.

Level 4: The Level 4 test taker can read with a large extent of autonomy, taking different reading strategies and speed on different types of texts. Have a broad active reading vocabulary, however, may experience some difficulties with idioms rarely encountered.

In addition to illustrations and example sentences, each grammar point includes structure explanations and exercises. Learners can take the tests included in the book to determine whether they have absorbed the relevant grammar points. Three mock tests are included at the end of the book to help students get a better grasp of grammar points and build up confidence as they prepare for their test.

I wish you the best of luck as you prepare for the TOCFL Band B.

Liu Chongren

Mandarin Training Center
National Taiwan Normal University

本書特點與使用方法

1. 使用的詞彙

本書的語法例句及練習題所用詞彙，均在華語文能力測驗 TOCFL 進階高階級的範圍內，讓學習者在練習語法的同時，也加強練習及複習 B 等五千個詞彙。

2. 說明與練習

➢ 語法並未加註冗長的說明文字，而是以生動的圖片結合最典型的例句，使學生在圖解輔助下一目瞭然該語法的使用時機及正確語序。每項語法列出例句之後，都有各類型練習題目，並利用「小圖釘」　　　補充相關說明，以利學習者掌握表達句式時的完整性。

➢ 本書儘量將結構可互相呼應但用法及功能不同的語法點安排在同一單元內或前、後單元，以利學習者綜合比對、前後參考。

3. 模擬練習題

附華語文能力測驗（TOCFL）進階高階級（Band B）閱讀測驗的模擬練習共三回（各五十題），讓學習者熟悉測驗方式，並檢視自我學習的成效。

4. 解答

各單元練習及模擬練習皆有參考答案。

註：「華語文能力測驗進階高階級 5000 詞彙」可上國家華語測驗推動委員會網站下載。

Overview of Book and UsersGuide

1. Vocabulary

All grammar points and vocabulary correspond to the TOCFL Band B (Level 3 and Level 4). Students can practice and review the 5000 vocabulary words found in TOCFL Band B as they study the grammar points.

2. Explanations and Exercises

➢ Grammar points do not come with lengthy explanations but are presented with fun illustrations, example sentences as well as exercises. The Notes section gives supplementary learning points and usage reminder. Students can learn to use sentence patterns to express themselves with precision.

➢ Grammar points with the same structure but different functions and usages are listed in the same unit or the consecutive units, so learners can compare and contrast them.

3. Mock Tests

Three TOCFL Band B mock tests are included at the end of the book, so learners can further evaluate their performance.

4. Answer Keys

Drills, exercises, and mock tests, come with answer keys.

※ Vocabulary List

A list of TOCFL Band B 5000 vocabulary words can be downloaded from the The Steering Committee for the Test Of Proficiency-Huayu (SC-TOP) official website.

目錄 Contents

這種茶聞起來很香，喝起來也很好喝

……V 起來……

這種茶聞起來很香，
喝起來也很好喝。

表示說話的人的
感覺或是意見

練習 U1-1 選一對動詞，並且用「V 起來」完成句子

聽／唱	摸／穿	看／寫
聞／吃	聽／做	看／騎

1. 這碗牛肉麵_____很香，_____很辣。

2. 很多漢字_____很複雜，_____也不容易。

3. 騎摩托車_____不難，_____也還算容易。

4. 這份工作_____不難做，可是_____卻不簡單。

5. 王秋華覺得這首歌_____相當好聽，_____也很容易。

6. 這件毛衣外套_____很舒服，_____也很合身。

U1-2　……V 起(O)來……

我剛出門,就下起雨來了。

表示動作或狀態開始

練習 U1-2　選一個動詞,並且用「V 起(O)來」完成句子

吃	胖	好	滑手機
哭	跳舞	熱	笑

1. 陳美芳正在看一本書,她忽然_____了。

2. 田中秋子一聽見那首音樂,就_____了。

3. 有一個人在捷運上忽然難過得大聲_____了,在他附近的人都覺得很奇怪。

4. 李天明約朋友們聚餐,他遲到了半個鐘頭。到的時候,朋友們已經_____了。

5. 李英愛告訴中山一成,臺灣從五月開始,天氣會慢慢_____。

6. 王文華得了重感冒,他女朋友希望他快一點_____。

7. 謝心美來臺灣三個月了,她覺得自己_____了。

8. 王家樂走進教室坐下,就_____了。

U1-3 ……，V 著 V 著就……了

林心怡跟朋友談她和男朋友吵架的事，談著談著就哭起來了。

練習 U1-3 選一對動詞，並且用「V 著 V 著就……了」完成句子

看 / 哭起來	走 / 覺得熱起來	唱 / 笑起來
吃 / 流汗	騎 / 摔倒	寫 / 睡著

1. 王偉華吃的這碗牛肉麵很辣，＿＿＿＿＿＿就＿＿＿＿＿＿了。

2. 王秋華唱這首歌，＿＿＿＿＿就＿＿＿＿＿了，因為覺得自己唱得實在難聽。

3. 王家樂練習寫漢字，＿＿＿＿＿就＿＿＿＿＿了。

4. 李英愛昨天騎摩托車，＿＿＿＿＿就＿＿＿＿＿了。

5. 林學友看電視，＿＿＿＿＿就＿＿＿＿＿了。

6. 方文英穿上那件毛衣外套，＿＿＿＿＿就＿＿＿＿＿了。

Unit 2 天氣這麼熱，我們還是去游泳吧

U2-1　……，還是……吧

王秋華想去逛街，可是天氣很熱，錢明宜覺得去游泳比較好。

錢明宜：天氣這麼熱，我們別去逛街了，還是去游泳吧。

> 這裡的「吧」表示建議。

練習 U2-1　用「還是……吧」改寫句子

1.

張明真跟林學文想吃小籠包，可是排隊等的人很多，張明真覺得去吃牛肉麵算了。

張明真：排隊等著吃小籠包的人太多了，我們＿＿＿＿＿＿＿＿＿＿＿＿＿＿＿＿＿＿＿＿。

2.

陳美芳跟王文華要搭捷運，可是太擠了，陳美芳覺得搭計程車去比較好。

陳美芳：現在搭捷運太擠了，我們＿＿＿＿＿＿＿＿＿＿＿＿＿＿＿＿＿＿＿＿。

3.

田中秋子的日本朋友：你可以建議我到哪裡去學中文嗎？

田中秋子：臺灣很有意思，臺灣人也很客氣，你來臺灣學中文比較好。

田中秋子：臺灣很有意思，臺灣人也很客氣，你＿＿＿＿＿＿＿＿＿＿＿＿＿＿＿＿＿＿。

4.

謝心美：我感冒了，想回家休息。

方文英：看妳感冒這麼嚴重，妳到醫院去看看病比較好。

方文英：看妳感冒這麼嚴重，妳＿＿＿＿＿＿＿＿＿＿＿＿＿＿＿＿＿＿。

U2-2 ⋯⋯，還是 別／不要 ⋯⋯（了）吧

田中誠一跟白凱文說：「天氣這麼冷，我們要去游泳嗎？」

田中誠一跟白凱文說：「天氣這麼冷，我們還是別去游泳（了）吧。」

練習 U2-2 用「還是 別／不要 ⋯⋯（了）吧」改寫句子

1.

張文心跟林美美說：「這家店的衣服這麼貴，妳要買嗎？」

張文心跟林美美說：「這家店的衣服這麼貴，妳＿＿＿＿＿＿＿＿＿＿＿＿。」

2.

李天明跟方文英說：「那家夜店有很多人吸毒，我們要去嗎？」

李天明跟方文英說：「那家夜店有很多人吸毒，我們＿＿＿＿＿＿＿＿＿＿＿＿。」

3.

張明真跟林文德說：「聽說下午天氣會變冷，你要去爬山嗎？」

張明真跟林文德說：「聽說下午天氣會變冷，你＿＿＿＿＿＿＿＿＿＿＿＿。」

4.

文心跟家名說：「這家小吃店的東西看起來太油膩了，我們要吃嗎？」

文心跟家名說：「這家小吃店的東西看起來太油膩了，我們＿＿＿＿＿＿＿＿＿＿＿＿。」

5.

錢明宜跟李大明說：「送這個東西給他，他也不喜歡，要送嗎？」

錢明宜跟李大明說：「送這個東西給他，他也不喜歡，＿＿＿＿＿＿＿＿＿＿＿＿。」

6.

王大同跟陳美芳說：「妳勸王文華不要抽菸，勸了半天也沒用，要說嗎？」

王大同跟陳美芳說：「妳勸王文華不要抽菸，勸了半天也沒用，＿＿＿＿＿＿＿

＿＿＿＿＿＿＿＿＿＿＿。」

7.

陳先生跟陳太太說：「『外遇』這種事讓他自己發現吧，妳要告訴他嗎？」

陳先生跟陳太太說：「『外遇』這種事讓他自己發現吧，妳＿＿＿＿＿＿＿＿＿。」

U2-3　　　……先……，等……，再……

現在外面正下著雨，所以田中秋子想：先在學校看書，等雨停了再回家。

練習 U2-3 A、B、C、D 各選一個完成句子，A、B、C、D 每個都只能用一次

A	B	先	C	等	D	再
醫生告訴林心怡，吃完晚飯	整理整理屋子，		他們來了以後		回泰國找工作。	
王美美告訴男朋友，她	吃晚飯，		他加完班以後		請大家去新家吃火鍋。	
中山一成跟朋友說他這個週末搬家，他要	自己去逛百貨公司，		結了婚		一起去看晚場電影。	
很多台灣年輕人習慣大學畢業後	**吃一包藥，**		整理好了		開始打麻將。	
因為中山一成和白凱文還沒來，李英愛跟謝心美決定	跟父母一起住，		研究所畢業以後		**吃一包藥。**	
謝心美計畫	在臺灣念研究所，		**睡覺以前要**		搬出去住。	

1. 醫生告訴林心怡，吃完晚飯先吃一包藥，等睡覺以前要再吃一包藥 。

2. _____ 。

3. _____ 。

4. _____ 。

5. _____ 。

6. _____ 。

Unit 3

凱文七點就到學校了，天明十一點才來學校

「才」、「就」、「再」

白凱文的中文課十點上課，……

可是他今天十一點才到學校。　　　可是他今天九點就到學校（了）。

可是他今天得去機場接朋友，所以他跟老師說他十一點再來上課。

21

練習 U3-1　把「才」、「就」、「再」填在適當的地方

1.

李天明昨晚看足球賽轉播，半夜三點＿＿＿＿＿睡覺。

李天明打算今晚看完足球賽轉播＿＿＿＿＿睡覺。

王家樂昨晚不舒服，九點多＿＿＿＿＿睡覺了。

2.

田中秋子五歲＿＿＿＿＿學會騎腳踏車了。

王文華說，他想學會開車以後，＿＿＿＿＿學騎腳踏車。

王秋華十八歲＿＿＿＿＿學會騎腳踏車。

3.

臺灣的夏天常常有颱風，可是今年颱風四月＿＿＿＿＿來了。

臺灣的夏天常常有颱風，可是今年颱風十月＿＿＿＿＿來。

今年臺灣中部有一個很大的戶外花草展覽會，當地人都希望颱風最好等展覽會
結束以後＿＿＿＿＿來。

4.

飛機誤點了，中山一成得晚上十一點＿＿＿＿＿能到臺灣。

田中秋子坐上了早一班的飛機，所以她下午三點＿＿＿＿＿到臺灣了。

5.

電影兩個半小時以後開演，王偉華說過一個小時＿＿＿＿＿出門也來得及。

電影兩個小時以後開演，王偉華沒等陳美芳提醒＿＿＿＿＿出門了。

王大同提醒王偉華電影快開始了，提醒了幾次，他＿＿＿＿＿出門。

6.

離火車開車還有一個半小時，林學英已經到火車站了，他給林心怡打電話，她說：
「你怎麼這麼早＿＿＿＿＿到了？我要過半個鐘頭＿＿＿＿＿出門。」

火車快開了，林學英＿＿＿＿＿到火車站，林心怡問他：「你怎麼現在＿＿＿＿＿來？」

7.

李英愛買了生日蛋糕準備給中山一成過生日，李天明跟她說他也買了生日蛋糕，李英愛說：「你怎麼今天_____告訴我？早知道我就不買了。」

李英愛買了生日蛋糕準備給中山一成過生日，李天明跟她說他已經跟中山一成說了他們的計畫，李英愛說：「你怎麼現在_____告訴他？我們打算今天晚上_____給他這個驚喜啊！」

8.

王美美五歲_____上小學，可是林芳芳七歲_____上小學，因為林芳芳五歲的時候生了一場大病，所以他的父母當時決定：等她的病好了_____上學。

9.

王秋華很有唱歌的天分，很多新歌她聽了兩、三遍_____會唱了；可是錢明宜不太會唱歌，有的歌得聽過十幾遍_____能唱幾句。

李英愛練唱歌的習慣是先背好歌詞_____慢慢一句一句地練習。

10.

捉迷藏的遊戲規則規定，數到十_____張開眼睛去找人，可是小華數到八_____張開眼睛去找人，大家說他不遵守遊戲規則。林芳芳想起小時候第一次玩捉迷藏，她數到二十_____張開眼睛去找人，所以花了很多時間去找人。

11.

李天明考慮了一個星期_____決定來臺灣學中文了。

田中秋子考慮了一年_____決定來臺灣學中文。

田中秋子的日本朋友說，她想多考慮一、兩個月_____決定要不要到臺灣學中文。

12.

學校的中文課八月三十號結束，白凱文計畫三十一號_____回國，李天明打算九月底_____回國；王家樂說，他要先去泰國旅行一個月，然後_____回國。

Unit 4

只要拿學生證，就可以到圖書館去借書

你是我們學校的學生，只要拿學生證，就可以到圖書館去借書。

外國學生在臺灣，只要簽證過期了，這個外國學生就得離開臺灣。

練習 U4-1　　用「只要……，（……）就……」完成句子

1. 每個人在自己的工作中，只要＿＿＿＿＿＿＿＿＿，就＿＿＿＿＿＿＿＿＿＿。
   （努力／一定有加薪的機會）

2. 醫生常建議大家，只要＿＿＿＿＿＿＿＿＿，就＿＿＿＿＿＿＿＿＿。
   （養成每天運動的好習慣／不容易生病）

3. 鼻子容易過敏的人，只要＿＿＿＿＿＿＿＿＿，就＿＿＿＿＿＿＿＿。
   （天氣有一點變化／可能一直打噴嚏）

4. 錢明宜告訴學生，只要＿＿＿＿＿＿＿＿，＿＿＿＿＿＿＿就＿＿＿＿＿。
   （多開口說話／自己的中文會進步）

5. 醫生對林學友說，只要＿＿＿＿＿＿＿，＿＿＿＿＿＿＿＿就＿＿＿＿＿。
   （每天好好吃藥／他的流行性感冒很快會好了）

6. 經濟已經全球化了，只要＿＿＿＿＿＿＿，＿＿＿＿＿＿＿＿就＿＿＿＿＿。
   （一個國家的經濟發生問題／別的國家會受到影響）

U4-2　　只有……，（……）才……

我們學校的學生，只有用學生證，才能進圖書館。

外國學生在臺灣，只有簽證過期了，這個外國學生才需要離開臺灣。

練習 U4-2　　用「只有……，（……）才……」完成句子

1. 臺灣在西太平洋地區，一般來說，只有_____，才_____。
（夏天和秋天 / 有颱風）

2. 按照學校的規定，只有_____，才_____。
（成績在八十分以上的學生 / 能申請獎學金）

3. 注重環保的人認為，只有_____，才_____。
（做好垃圾分類的工作 / 可以減少汙染）

4. 經濟學專家建議政府，只有_____，才_____。
（減少投資限制 / 有助於經濟自由化）

5. 政府領導人說，只有_____，_____才_____。
（不斷地改革 / 社會可能進步）

6. 政治學教授說，只有_____，_____才_____。
（這些國家的領導人坐下來好好談和平問題 / 這個地區可能安定下來）

Unit 5 小玉拿到了獎學金，這是因為她的成績很優秀

U5-1 ……。這是因為……

2015 → 2017

小玉一連三年都拿到獎學金。
這是因為她的成績非常優秀。

這對夫妻離婚後，孩子跟著父親生活。
這是因為母親有吸毒的情況。

練習 U5-1　A、B 各選一個完成句子，A、B 每個都只能用一次

A		B
白居易的詩從古到今一直很受歡迎。		那座小島附近的海底可能有豐富的石油。
很多年輕人都想買最新的電子產品。		社會上還普遍存在著重男輕女的觀念。
很多國家都想控制那座小島。		結婚以後有養家的責任和生孩子的壓力。
這次颱風造成嚴重水災，可是這個地區並沒淹水。	這是因為	要是沒有，就表示自己落伍了。
越來越多男女朋友只想同居而不打算結婚。		他的詩用詞較淺，內容也容易讓人了解。
在不少企業中，女性與男性工作地位相同，但女性的薪水卻比男性少。		這個地方的排水系統相當完善。

1. _____
   _____ 。

2. _____
   _____ 。

3. _____
   _____ 。

4. _____
   _____ 。

5. _____
   _____ 。

6. _____
   _____ 。

U5-2 ······，是 因為／由於 ······

張家明沒申請到獎學金，
是由於他的成績不夠好。

青菜價錢上漲，是由於
受了颱風的影響。

一般來說，說話的時候多用「因為」，「由於」比較正式。

練習 U5-2　A、B 各選一個完成句子，A、B 每個都只能用一次

A		B
這家工廠的工人罷工		現在住的房子的租約到期了。
機場海關檢查旅客行李的標準越來越嚴格	，是 因為 由於	她找到了一份好工作。
中山一成計畫找房子搬家		他想學傳統漢字。
謝美心打算提前回國		老闆發不出工資。
李天明來臺灣學習中文		政府擔心發生恐怖攻擊。

1. _____

   _____。

2. _____

   _____。

3. _____

   _____。

4. _____

   _____。

5. _____

   _____。

| U5-3 | ……之所以……，是 因為／由於 …… |

王小姐今天之所以請假，是因為她感冒了。

這種電腦之所以受消費者歡迎，是由於品質極佳。

練習 U5-3　A、B、C 各選一個完成句子，A、B、C 每個都只能用一次

A		B		C
臺灣人		塞車		想回國以後找一份比較好的工作。
王家樂		男的比女的多		國家的經濟不景氣。
這個國家	之所以	喜歡逛夜市	，是 因為 由於	中國人還有重男輕女的觀念。
失業率		發生內戰		路上有人抗議遊行。
這條路今天		不斷上漲		產油國控制石油產量。
石油的價格		越來越高		夜市裡賣各種各樣的小吃。
中國人口		來臺灣學中文		這個國家有嚴重的宗教問題。

1. _____ 。

2. _____ 。

3. _____ 。

4. _____ 。

5. _____ 。

6. _____ 。

7. _____ 。

U5-4　由於……，因此……

由於先生外遇，因此太太決定跟他離婚。

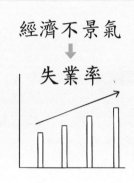

由於經濟不景氣，因此失業率不斷提高。

練習　U5-4　A、B 各選一個完成句子，A、B 每個都只能用一次

A	B
溫室效應情況越來越嚴重	手機的功能也更複雜了。
人口眾多	他決定出國旅行。
李天明得了流行性感冒	發生戰爭的可能性也越來越高。
白凱文有一個星期的假期	各國政府一起宣布新的環保政策。
電子科技發展越來越進步	那種病的治療方式出現了新希望。
醫學界發展出新的藥物	這個國家一直有糧食不足的問題。
這兩個國家的關係越來越糟糕	他決定請一天病假在家裡休息。

由於　　，因此

1. _____。

2. _____。

3. _____。

4. _____。

5. _____。

6. _____。

7. _____。

臺北或者高雄都有方便的捷運系統

A 或者 B

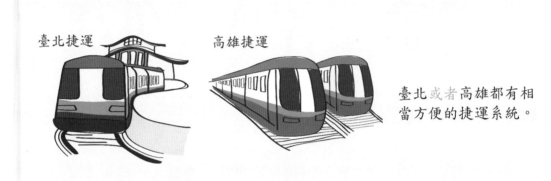

臺北捷運　高雄捷運

臺北或者高雄都有相當方便的捷運系統。

練習 U6-1　**在適當的地方插入「或者」**

1. 馬來西亞印尼都是東南亞的回教國家。

2. 這種魚的做法有很多種，煎蒸都很好吃

3. 政府說，十五年二十年以後，臺灣會變成一個高齡化社會。

4. 李英愛打算學好中文以後，在臺灣中國找工作。

5. 在臺灣，繳稅相當方便，在銀行便利商店都可以繳。

6. 智慧型手機平板電腦已經成為現代人隨身的電子產品了。

7. 臺灣的小吃裡，臭豆腐豬血糕都是外國人不太喜歡的。

8. 林秋華跟朋友這個週末沒事，她們想去看電影去 KTV 唱歌，不過還沒決定。

U6-2 A、B 或者 C、D ……都……

散步、跳舞或者打太極拳，都是臺灣老人常做的運動。

練習 U6-2 選一個答案，然後在適當的地方插入「或者」

墾丁、綠島、蘭嶼	茶、咖啡、可樂、啤酒	北京、上海、深圳
蟑螂、老鼠、蜘蛛	廣東話、臺灣話、上海話	印尼、哥倫比亞、瓜地馬拉

1. _____，都是漢語的方言。

2. _____，這三樣都是王秋華討厭的。

3. 如果想在臺灣潛水，_____都是不錯的地方。

4. _____，都是中國人口超過一千萬的大城市。

5. _____出產的咖啡，品質都非常好。

6. _____，都算是刺激性飲料。

U6-3 ……，或者，……

這種番茄很好吃，切了以後放在火鍋裡煮，
或者，當水果直接吃都不錯。

練習 U6-3　　在適當的地方插入「或者」

1. 從臺灣到德國，搭直飛的飛機，先搭到香港再轉機都可以。

_____ 。

2. 王家樂跟他的法國朋友說：「如果你想學中文，你可以到中國去學，也可以
來臺灣學。」

_____ 。

3. 我們的想法可以用語言直接表示出來，把想法用文字寫下來也是一種溝通的方式。

_____

_____ 。

4. 大學畢業以後，你可以選擇直接考研究所，先工作兩年，等有了一些工作
經驗以後，再考研究所。

_____ 。

7 傳統火車的速度比不上高鐵的速度

……比較……

上一次的颱風
比較小

這次的颱風
比較大

這次的颱風比上一次的颱風大。上一次的颱風比較小,這次的颱風比較大。

練習 U7-1 用「……比較……」改寫句子

1. 日、韓和西方國家的人覺得,臺灣的生活費比他們國家低。

_____ 。

2. 上次去吃的那家餐廳沒這麼辣,這家的麻辣火鍋比那家餐廳辣。

_____ 。

3. 林芳芳以前的男朋友常跟她吵架,現在的男朋友比以前的男朋友溫柔。

_____ 。

4. 臺灣今年的夏天比去年熱,因為我們家四月就開冷氣了。

_____ 。

5. 謝心美現在住的地方比去年租的房子舒服,她去年租的房子又小又貴。

_____ 。

6. 田中秋子認為這家店的芒果冰比上星期去士林夜市吃的好吃,上星期去士林夜市吃的材料太少了。

_____ 。

U7-2　A 比不上／不如 B

傳統火車的速度  高鐵的速度

傳統火車的速度 比不上
／不如 高鐵的速度。

120公里/ 小時　　　300公里/ 小時

練習　U7-2　A、B、C 各選一個完成句子，A、B、C 每個都只能用一次

A	B	C	
為了得到水果的營養，醫生認為	常吃肉		他以前的女朋友。
談到帶來帶去的方便性，大家都認為	王家名現在的女朋友	比不上／不如	其他亞洲國家。
對身體健康的好處，有人認為	喝果汁		多吃青菜。
朋友們都覺得，	筆記型電腦		平板電腦。
經濟學教授談到景氣情況時認為，	臺灣最近的經濟發展		吃新鮮水果。

1. _____ 。

2. _____ 。

3. _____ 。

4. _____ 。

5. _____ 。

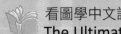

U7-3　A 比不上／不如 B 的 ……

一般來說，鄉下的公共交通比不上城市交通的方便。

練習　U7-3　A、B、C 各選一個完成句子，A、B、C 每個都只能用一次

A	B	C
泰國學生謝心美覺得	這一支新手機的螢幕	大城市的豐富。
教育專家們認為，	這些城市的公車都	田中秋子的流利。
去過臺灣別的城市的外國人都認為，	自己的中文	臺北的方便。
張明真剛買了新手機，可是她說，	鄉下的教育資源	上一支手機的清楚。

（中間欄：比不上）

1. _____ 。

2. _____ 。

3. _____ 。

4. _____ 。

Unit 8　很多學生喜歡把筆轉來轉去

U8-1　V 來 V 去

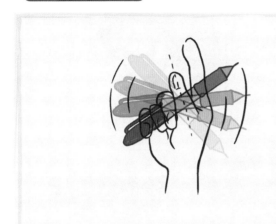

很多學生喜歡上課的時候，把筆轉來轉去。

表示不斷做某種動作

練習　U8-1　選一個動詞，並且用「V 來 V 去」完成句子

翻	跑	畫
走	聞	看

1. 父母告訴孩子，不可以在餐廳裡＿＿＿＿＿＿＿＿＿＿，這樣很沒規矩。

2. 王文華正在想一項重要的計畫，所以他在辦公室裡＿＿＿＿＿＿＿＿＿。

3. 明天就要考試了，不過陳美芳只是把書＿＿＿＿＿＿＿＿，並沒有好好準備功課。

4. 張文德到朋友家喝茶聊天，朋友的狗在他腳邊＿＿＿＿＿＿＿＿＿。

5. 王玉華常常在講電話時，用筆在書上＿＿＿＿＿＿＿＿＿，把書畫得亂七八糟。

6. 林心怡跟爸爸說，屋子外面有個人正在那裡＿＿＿＿＿＿＿＿＿，像是個小偷。

U8-2　V 來 V 去

海關人員在他的行李裡
翻來翻去，最後找到一包毒品

王偉華看那張抽象畫，
他看來看去，還是看不懂畫的內容。

練習　U8-2　選一個動詞，並且用「V 來 V 去」完成句子

逛	吃	查
用	談	

> 表示動作做了很多次以後的決定或結果，後面的句子裡常有「最後」、「總算」、「終於」、「還是」。

1. 林學文＿＿＿＿＿＿＿＿，還是覺得這個牌子的手機品質最好。

2. 方文英在夜市的小吃攤上＿＿＿＿＿＿＿，最後決定去吃牛肉麵。

3. 張小華跟房東＿＿＿＿＿＿＿，說了三個鐘頭終於決定租那個房子。

4. 謝心美在網路上＿＿＿＿＿＿＿，她很高興總算找到了自己需要的資料。

5. 中山一成＿＿＿＿＿＿＿，他還是覺得中山路上那家餐廳的小籠包最好吃。

聞	找	想
選	試	

> 表示做了多次的動作或一直繼續的情況，但是並沒有效果。後面的句子裡常有「還是」。

6. 陳美芳＿＿＿＿＿＿＿＿，還是不知道屋子從哪裡飄來一種怪味道。

7. 王美美在鞋店裡＿＿＿＿＿＿＿＿，試了半天的鞋子，結果還是沒買。

8. 張小華＿＿＿＿＿＿＿＿，還是找不到隨身碟，因為他忘了放在哪裡了。

9. 李天明在百貨公司裡＿＿＿＿＿＿＿＿，還是不知道要買什麼給王家樂當生日禮物。

10. 林學文覺得自己應該認識那個人，可是他＿＿＿＿＿＿＿＿，還是想不起來在哪裡見過那個人。

U8-3 V 下去

> 錢明宜要別的學生不要插嘴，好讓中山一成說下去。

> 表示動作繼續，不停下來。

練習 U8-3 選一個動詞，並且用「V 下去」完成句子

學	研究	看
堅持	住	持續

1. 中山一成覺得這一年房東對他都很客氣，所以這間套房，他決定＿＿＿＿＿＿＿。

2. 謝心美已經在臺灣學了一年的中文了，可是她覺得還不夠好，她還要＿＿＿＿＿＿＿。

3. 王秋華新買了一本愛情小說，她覺得內容相當精彩，連飯也沒吃，
就一直＿＿＿＿＿＿＿。

4. 張文德覺得這個問題很值得研究，因此他要＿＿＿＿＿＿＿。

5. 國際問題專家認為這兩個國家的戰爭還會＿＿＿＿＿＿＿。

6. 雖然這項任務很困難，可是＿＿＿＿＿＿＿，一定能成功。

Note

Unit 9 臺灣的鳳梨酥既便宜又好吃

U9-1 ……不但……而且……

臺灣的小吃……（多；好吃）
➡ 臺灣的小吃不但多，
而且好吃。

練習 U9-1 用「……不但……而且……」寫句子

1. 中山一成租的房子……。（大；便宜）

_____。

2. 參加旅行團旅行……。（省錢；省事）

_____。

3. 李文心的男朋友……。（帥；很愛她）

_____。

4. 「爨」(cuàn) 這個中國字……。（複雜；相當難寫）

_____。

5. 謝心美說的中文……。（標準；沒什麼口音）

_____。

6. 抽菸……。（浪費錢；對身體的傷害很大）

_____。

7. 多做休閒活動，……。（對身體好；可以減輕工作或學習壓力）

_____。

8. 林心怡參加馬拉松比賽，……。（跑完了；還得到了女生組的第三名）

_____。

U9-2　……不但……而且……

臺灣的芒果，……（產量高；味道非常甜）
➡ 臺灣的芒果，不但產量高，而且味道非常甜。

第一個小句子是主題，後兩個小句子是關於主題的兩個內容，第二、第三個小句子都有自己的主詞。說話時常用「不但……而且……」。

練習 U9-2　用「……不但……而且……」寫句子

1. 昨天的地震，……。（時間長；房子搖得很厲害）

_____。

2. 來臺灣學中文，……。（環境安全；生活費不高）

_____。

3. 臺灣夜市的小吃，……。（種類豐富；價錢都不貴）

_____。

4. 在夜市附近租房子，……。（房租貴；環境品質也不怎麼理想）

_____。

5. 田中秋子的工作，……。（工作壓力相當大；她得常常加班）

_____。

6. 上個星期的颱風，……（造成市區嚴重的水災；強風也吹倒了五百多棵大樹）

_____。

U9-3 ……既……又……

臺灣的鳳梨酥……（便宜；好吃）
➡ 臺灣的鳳梨酥既便宜，又好吃。

練習 U9-3 用「……既……又……」寫句子

1. 中國的歷史……，所以外國人常認為不容易了解。（長；複雜）

_____。

2. 從臺北開車去花蓮，……，我們還是坐火車去吧。（費油；浪費時間）

_____。

3. 我不去那家餐廳吃飯，因為他們的菜……。（貴；不合我的口味）

_____。

4. 我昨天看的那部電影……。（精彩；有讓人滿意的結局）

_____。

U9-4 ……，……既……，……又……

臺灣的鳳梨酥，……。（價錢便宜；口味香甜）

➡ 臺灣的鳳梨酥，價錢<u>既</u>便宜，口味<u>又</u>香甜。

> 第一個小句子是主題，後兩個小句子是關於主題的兩個內容，第二、第三個小句子都有自己的主詞。
> 「既……又……」比較正式。

練習 U9-4 用「……，……既……，……又……」寫句子

1. 臺北市公車，……，所以坐公車的人還是很多。（路線多；價錢不貴）

_____ 。

2. 那家航空公司的班機，……，難怪大家都不喜歡搭他們的班機。
（餐點難吃；服務態度差）

_____ 。

3. 外國學生打工教語言，……，所以很多人找這類工作。（鐘點費高；打工時間自由）

_____ 。

4. 這個演員最近紅得很，因為……，所以他很受人歡迎。（他的戲演得好；人長得帥）

_____ 。

連外國人都知道中國的熊貓很少

U10-1   連 …… 都／也 ……

連外國人 都／也 知道中國的熊貓很少，你怎麼不知道呢？

王文華是個宅男，整天在家上網，他連逛夜市 也／都 沒興趣。

雖然春節是中國重要的節日，可是連越南、韓國 都／也 過春節。

已經上課十分鐘了，可是教室裡，為什麼連一個學生 也／都 沒有呢？

1. A：中文老師可能認識所有的中國字嗎？

   B：中國字相當多，＿＿＿＿＿＿＿＿＿＿＿＿。

2. A：中國人一定聽得懂京劇嗎？

   B：京劇的唱法很複雜，＿＿＿＿＿＿＿＿＿＿。

3. A：錢明宜今天上課很累，她晚上想看電視嗎？

   B：錢明宜今天上課很累，＿＿＿＿＿＿＿＿＿。

4. A：林秋華今天有時間休息嗎？

   B：林秋華今天很忙，＿＿＿＿＿＿＿＿＿＿＿。

5. 臺灣的夜市　很有意思　外國人覺得

_____ 。

6. 外國觀光客　想看看一○一大樓

_____ 。

7. 張先生很節省　自己來洗車。

張先生很節省，_____ 。

8. 臺灣的便利商店很多　阿里山有便利商店。

臺灣的便利商店很多，_____ 。

U10-2　　就算是／即使…… 也／都 ……

就算是中文老師，
也／都 不一定認識這個字。

就算是颱颱風，我 都／也
要到學校去上課。

即使世界各國都反對，
北韓 也／都 要發展核武。

就算是我父母不同意，
我 都／也 要跟他結婚。

一般來說，說話的時候多用
「就算是」，「即使」
比較正式。

練習 U10-2 用「就算是／即使 …… 也／都 ……」寫句子

1. A：中國人都愛吃臭豆腐嗎？

   B：_____。

2. A：在臺灣，秋天可能有颱風嗎？

   B：在臺灣，_____。

3. 冬天　　王偉華洗涼水澡

   _____。

4. 春節假期　　臺灣的便利商店營業

   _____。

5. 最冷的冬天　　臺北市不可能下雪

_____。

6. 天天吃維他命 C　　你應該多吃青菜和水果

_____。

對不起

7. 李天明跟我道歉　　我不原諒他

_____。

8. 秋子沒提醒我　　我會送她生日禮物

_____。

U10-3　…… 再…… 都／也 ……

你再忙碌 都／也 應該
找時間陪一陪家人。

一個人再努力 都／也 不可能
學完全部的中國字。

練習　U10-3　用「……再…… 都／也 ……」寫句子

1

工作累　　　　　林文德會找時間運動

_____ 。

2.

有些臺灣小吃好吃　　　李天明不願意嘗試

_____ 。

3.

成績好的學生

下課以後要複習功課

4.

經驗豐富的中文老師

不可能認識全部的漢字

5.

林學文怎麼解釋

林太太覺得他有外遇

6.

中山一成怎麼跟王家樂說明

王家樂不相信他

Unit 11 沒有一個臺灣的大城市沒夜市

沒有一 M……

王偉華他們一家人，都不抽菸。

王偉華他們一家人，沒有一個人抽菸。

> 這裡的「沒有一M」＋肯定情況＝全部否定

練習 U11-1 用「沒有一 M……」完成句子

1. 林文德這星期工作很忙，天天加班，星期一到星期五都沒在家吃晚飯。
   林文德這星期工作很忙，天天加班，＿＿＿＿＿＿＿＿＿＿＿＿＿＿＿＿。

2. 錢明宜這個學期的學生都很認真，學生每天上課都沒遲到。
   錢明宜這個學期的學生都很認真，＿＿＿＿＿＿＿＿＿＿＿＿＿＿＿。

3. 受了氣候改變的影響，最近五年的冬天，玉上都沒下雪。
   受了氣候改變的影響，最近五年的冬天，玉山 ＿＿＿＿＿＿＿＿＿＿＿＿。

4. 老闆女兒的婚禮，王偉華沒去，他的同事也都沒去。
   老闆女兒的婚禮，王偉華跟他的同事 ＿＿＿＿＿＿＿＿＿＿＿＿＿＿。

5. 方文英剛剛開始學中文，這幾份中文報紙，她都看不懂。
   方文英剛剛開始學中文，這幾份中文報紙，＿＿＿＿＿＿＿＿＿＿＿＿。

6. 王文華爸爸、媽媽跟哥哥都上班去了，他也去上課了，所以家裡沒有人
   王文華爸爸、媽媽跟哥哥都上班去了，他也去上課了，所以＿＿＿＿＿。

53

U11-2　　沒有一 M……不／沒 ……

臺北士林夜市　　臺中逢甲夜市　　臺南花園夜市　　高雄六合夜市

臺灣的大城市，每一個都有夜市。／每一個臺灣的大城市都有夜市。

臺灣的大城市，沒有一個沒夜市。／沒有一個臺灣的大城市沒夜市。

> 這裡的「沒有一M」＋否定的情況＝全部肯定

練習 U11-2　　先重組，然後寫句子

　　　　　　　　1　　　　2　　　3　　　4　　　5
1. 這個禮拜，不（／沒）　沒有　下雨　下午　一天 。

　　這個禮拜，＿＿＿＿＿＿＿＿＿＿＿＿＿＿＿＿＿＿＿＿＿。

　　　　　　　　1　　　　2　　　3　　　4
2. 我認為，在臺灣，手機　一個人　不用　沒有 。

　　我認為，在臺灣，＿＿＿＿＿＿＿＿＿＿＿＿＿＿＿＿＿。

　　　　　　　　　　　　1　　　2　　　3　　4　　　5
3. 王民樂跟女朋友分手後，一天　想她　他　沒有　不 。

　　王民樂跟女朋友分手後，＿＿＿＿＿＿＿＿＿＿＿＿＿＿＿。

	1	2	3	4	5
4. 李天明上中文課的同學，平板電腦	不用	一個	沒有	上課，	

李天明也剛買了一個。

李天明上中文課的同學，＿＿＿＿＿＿＿＿＿＿＿＿＿＿＿＿，李天明也剛買了一個。

	1	2	3	4
5. 今年臺灣的天氣很特別，從五月到十月，一個月	颱風	沒	沒有。	

今年臺灣的天氣很特別，從五月到十月，＿＿＿＿＿＿＿＿＿＿＿＿＿＿＿＿。

	1	2	3	4	5
6. 林秋華很喜歡那位作家的小說，他的小說，林秋華	看過	沒	一本	沒有。	

林秋華很喜歡那位作家的小說，他的小說，＿＿＿＿＿＿＿＿＿＿＿＿＿＿＿＿。

	1	2	3	4	5
7. 那家冰店的芒果冰很有名，家名跟他的朋友，去	一個	沒有	沒	吃過。	

那家冰店的芒果冰很有名，家名跟他的朋友，＿＿＿＿＿＿＿＿＿＿＿＿＿＿＿＿。

	1	2	3	4	5
8. 機場海關很嚴格，旅客的行李	一件	檢查	沒有	不	他們。

機場海關很嚴格，旅客的行李，＿＿＿＿＿＿＿＿＿＿＿＿＿＿＿＿。

既然妳想去吃消夜，我們就去吧

U12-1　要是／如果 ……的話，……

明天

王偉華正在考慮明天要不要去游泳。王玉華跟王偉華說：「要是明天天氣熱的話，我們就去游泳。」

一般來說，說話的時候多用「要是」。「如果」比較正式

練習 U12-1　用「要是／如果 ……的話」完成句子

1. 方文英正在考慮找房子搬家的事。

　　李大明跟方文英說：「＿＿＿＿＿＿＿，我這個週末有空，可以陪你去看房子。」

2. 李天明覺得最近的工作壓力太大，每天都不舒服。

　　謝心美跟李天明說：「＿＿＿＿＿＿＿＿，就利用假期出國旅行旅行吧。」

3. 白凱文：我不知道秋子願不願意跟我去看電影。

　　謝心美：＿＿＿＿＿＿＿＿＿＿＿＿＿＿＿＿，我跟你去。

4. 颱風沒來，這次旅行活動不會取消。（颱風來了）

　　＿＿＿＿＿＿＿＿＿＿＿＿＿＿＿＿，這次旅行活動大概會取消。

5. 經濟景氣，不會有太多人失業。（經濟不景氣）

　　＿＿＿＿＿＿＿＿＿＿＿＿＿＿＿＿，會有更多人失業。

6. 人類繼續破壞環境，不可能減少環境汙染的問題。（人類不再破壞環境）

_____ ，就可能減少環境汙染的問題。

U12-2　　既然……，那麼，……

陳太太不想出去吃飯。
陳先生跟陳太太說：「既然
你不想出去吃飯，那麼，我
們打電話訂pizza吃吧。」

主詞在「既然」後面或是前
面都可以。

練習 U12-2　A、B、C 各選一個完成句子，A、B、C 每個都只能用一次

A	B	C
王文華很想去一家大企業工作。王大同跟王文華說：「	妳覺得排隊買電影票的人太多，	妳就買啊。」
王偉華不要跟王文華和王玉華去看電影。王玉華跟王文華說：「	妳這麼喜歡那家公司的衣服，	我們去逛百貨公司吧。」
王秋華覺得排隊買電影票的人太多。林心怡跟王秋華說：「	你想去那家企業工作，	我們兩個人去吧。」
林芳芳很喜歡一家公司的衣服。張文德跟林芳芳說：「	他不要跟我們去看電影，	你寄履歷表給他們試試看。」

（中間欄：既然　那麼，）

1. _____ 。

2. _____ 。

3. _____ 。

4. _____ 。

U12-3 　既然……，（……）就……

王美美想到夜市去吃消夜。
林芳芳跟王美美說：
「既然妳想到夜市去吃消
夜，我們就一起去吧。」

練習 U12-3　　Ａ、Ｂ、Ｃ 各選一個完成句子，Ａ、Ｂ、Ｃ 每個都只能用一次

A		B	C
李大明很想去墾丁旅行。田中秋子跟李大明說：「		妳跟現在的室友合不來，	你就去跟她說啊。」
李天明覺得身體很不舒服。李英愛跟李天明說：「	既然	你很想去墾丁旅行，	妳就找房子搬家啊。」
田中秋子跟現在的室友合不來。錢明宜跟田中秋子說：「		你很喜歡那個法國女同學，	你就去跟老闆請假啊。」
方大同很喜歡一個一起學中文的法國女同學。李英愛跟方大同說：「		你覺得身體很不舒服，	你就利用下個週末去啊。」

1. _____ 。

2. _____ 。

3. _____ 。

4. _____ 。

U13-1　……才／不過 ……而已

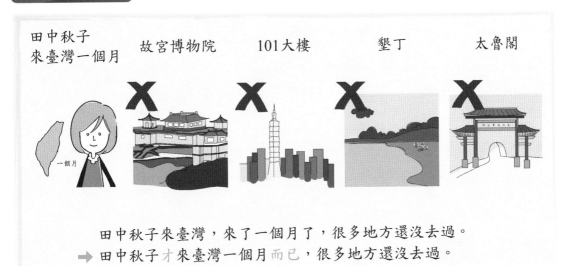

田中秋子　田中秋子來臺灣一個月　故宮博物院　101大樓　墾丁　太魯閣

田中秋子來臺灣，來了一個月了，很多地方還沒去過。
➡ 田中秋子才來臺灣一個月而已，很多地方還沒去過。

練習 U13-1　插入「才／不過 ……而已」並且寫句子

1. 白凱文學中文，學了兩個月，所以他認識的中國字還不多。

_____。

2. 我跟他見過三次面，不算熟。

_____。

3. 中山一成喝了一瓶啤酒，就已經醉了。

_____。

4. 錢明宜班上很多學生最近感冒，今天來了兩個學生。

_____。

5. 方文英雖然住士林夜市附近，可是士林夜市，她去過一次。

_____。

6. 田中秋子的同學學了一個月的中文，就回國了，因為那個學生不習慣臺灣的天氣。

_____。

7. 張文德帶了一百塊錢，不夠買那本書。

_____。

8. 今天氣溫八度，很多人都冷得受不了。

_____。

9. 林心怡吃了五個小籠包，可是她覺得很飽。

_____。

10. 白凱文來臺灣兩個月，他還不太了解臺灣的文化傳統。

_____。

11. 李大明去逛夜市，他喝了一杯珍珠奶茶，沒買別的東西就回家了。

_____。

U13-2 不過（是）／只是 ……而已

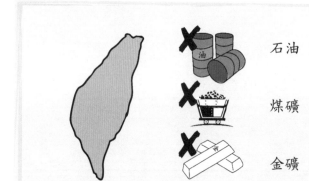

石油

煤礦

金礦

臺灣是一個島，沒有什麼天然資源。

➡ 臺灣不過（是）／只是一個島而已，沒有什麼天然資源。

練習 U13-2 插入「不過（是）／只是 ……而已」並且寫句子

1. 王秋華喜歡畫畫，是她的興趣，她沒有往藝術方面發展的計畫。

_____。

2. 王偉華和文心是普通朋友，並不是男女朋友。

_____。

3. 王家樂來臺灣的目的是學中文，他不打算一直住臺灣。

_____。

4. 昨天的地震是一次小地震，可是已經讓白凱文相當緊張。

_____。

5. 林學文得了小感冒，他覺得不需要看病、吃藥。

_____。

6. 這個芒果酸了一點，謝心美還是很喜歡吃。

_____。

7. 謝心美跟李英愛隨便聊聊，沒談什麼重要的事。

_____。

8. 李天明說，他跟王家樂一起上中文課，他並不了解王家樂平常的生活。

_____。

Note

除了芒果以外，我也喜歡吃鳳梨跟蓮霧

U14-1 除了……以外，……還／也……

方文英會說中文，方文英還會說西班牙語、法語和德語。
➡ 除了中文以外，方文英還會說西班牙語、法語和德語。

林志信喜歡吃芒果，林志信也喜歡吃鳳梨跟蓮霧。
➡ 除了芒果以外，林志信也喜歡吃鳳梨跟蓮霧。

> 「除了」與「以外」可以選一個用，「以外」也可以用「之外」

練習 U14-1 用「除了……以外，……還／也……」寫句子

1. 李大明喜歡足球，李大明還喜歡籃球跟棒球。

_____。

2. 李英愛在臺灣學中文，李英愛在臺灣還教韓文。

_____。

3. 王家樂有一個哥哥，王家樂還有一個姊姊、一個弟弟。

_____。

4. 中東國家是回教國家，印尼和馬來西亞也是回教國家。

_____。

5. 這家企業製造筆記型電腦，這家企業也製造智慧型手機和平板電腦。

_____。

6. 看電影是張文德跟王玉華喜歡的休閒活動，參觀博物館也是張文德跟王玉華喜歡的休閒活動。

_____。

| U14-2 | 除了……以外，……不／沒…… |

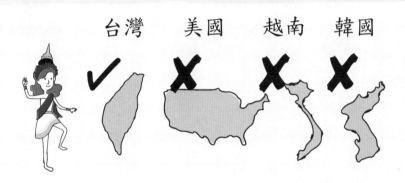

台灣　美國　越南　韓國

謝心美只去過臺灣，謝心美沒去過別的國家。

➡ 除了臺灣以外，謝心美沒去過別的國家。

練習 U14-2 用「除了……以外，……不／沒……」寫句子

1. 李大明只喝啤酒，李大明不喝別的酒。

_____。

2. 李天明只喜歡足球，李天明不喜歡別的球類運動。

_____。

3. 田中秋子只會說中文一種外國話，田中秋子不會說其他的外國話。

_____。

4. 陳家明只有一個妹妹，陳家明沒有其他的兄弟姊妹。

_____。

5. 只有美國人到過月球，別的國家的人都沒到過月球。

_____。

6. 只有中國有野生的熊貓，沒有一個國家有野生的熊貓。

_____。

U14-3 ……，再說，……，…… 所以／因此／因而……

這件衣服，方文英買了

原因1 方文英穿起來很合適

原因2 這件衣服價錢也不貴

這件衣服方文英穿起來很合適，
再說價錢也不貴，
所以／因此／因而方文英買了。

一般來說，說話的時候多
用「所以」，「因此」和
「因而」都比較正式。

練習 U14-3 用「……，再說，……，所以／因此／因而……」完成句子

1. 原因1 臺灣人對外國人都非常客氣
　　原因2 臺灣的生活費也比他們國家低
　　王家樂來臺灣學中文。

_____。

2. 原因1 最近工作很忙
　　原因2 表演的票價也太貴了
　　林心怡沒去看那場表演。

_____。

3. 原因1 騎腳踏車算是一種運動

　　原因2 騎腳踏車不會造成空氣汙染

　　王彩方建議大家多騎腳踏車。

_____。

4. 原因1 臺北的捷運、公車都很方便

　　原因2 市區的停車位不多

　　你還是別開車去吧。

_____。

U14-4　……，因為……，再說，……

謝心美打算回國

原因1 她還是想在泰國找工作

原因2 她計畫今年底跟男朋友
　　　結婚

謝心美打算回國，因為她還是想在泰國找工作，
再說她計畫今年底跟男朋友結婚。

練習 U14-4　用「……，因為……，再說，……」完成句子

1. 我不習慣住臺灣。

　　原因1 這裡的夏天太濕熱

　　原因2 吃的東西也不合我的口味

_____。

2. 田中秋子很愛逛夜市。

原因1 她喜歡夜市裡的熱鬧氣氛

原因2 夜市裡的小吃真是又好吃又便宜

_____ 。

3. 張小華打算搬家。

原因1 現在租的房子附近的環境太吵

原因2 室友抽菸、喝酒，壞習慣太多了

_____ 。

4. 王玉華勸好朋友戒菸，她說，……

原因1 抽菸對健康只有壞處沒有好處

原因2 他太太最近懷孕了，他應該替太太跟孩子想想

_____ 。

Note

王家樂以為臺灣的冬天不冷，沒想到這麼冷

U15-1　……以為……，沒想到……

 25°C
12月

 8°C

王家樂沒來臺灣以前覺得臺灣的冬天不冷，來了以後覺得這麼冷。

➡ 王家樂以為台灣的冬天不冷，沒想到這麼冷。

練習 U15-1　用「……以為……，沒想到……」寫出句子

1. 李英愛沒包過餃子以前覺得包餃子很難　➡　包過以後覺得：其實並不麻煩

_____。

2. 不少外國人覺得臭豆腐不好吃　➡　吃了以後覺得：還不錯

_____。

3. 很多外國人覺得學中文並不難　➡　學了以後覺得：光聲調就不容易學得好

_____。

4. 李天明覺得這場足球賽不怎麼值得看　➡　看了以後覺得：精彩得不得了

_____。

5. 張明真覺得那部電影很有意思　➡　看了以後覺得：看了一半就看不下去了

_____。

6. 林文德覺得在速食店打工很輕鬆　➡　做了以後覺得：工作那麼多，壓力也很大

_____。

U15-2　還好 ／幸虧 ……，要不然 ／否則 ……

沒想到今天的雨這麼大，還好 / 幸虧 我帶了傘，要不然 / 否則 就不能回家了。

> 一般來說，說話的時候多用「還好……，要不然……」，「幸虧……，否則……」和「幸虧……，要不然……」說話時也用，但比較正式。

練習 U15-2　A、B、C 各選一個完成句子，A、B、C 每個都只能用一次

A	B	C
今天的考試真難	王家樂平常就很注意健康	重要的報告可能全被破壞了。
昨天的車禍很慘	他每天都隨身帶著護照	她的損失一定很大。
最近感冒的人很多	王偉華把資料存在隨身碟裡	小偷可能把他的護照也偷走了。
那家企業破產了	我昨天準備了三個小時	她受的傷可能更嚴重。
公司的電腦全部都中毒了	林文娟繫了安全帶	一定考得很糟糕。
小偷去李天明住的地方偷東西	錢明宜沒買那家企業的股票	也可能被傳染了。

（B欄與C欄之間：，還好／幸虧　……　，要不然／否則）

1. _____ 。

2. _____ 。

3. _____ 。

4. _____ 。

5. _____ 。

6. _____ 。

Note

她不是美國人，而是英國人

U16-1 ······不是······就是······

李天明這個週末都在家，上網，看電視。

➡ 李天明這個週末都在家，不是上網，就是看電視。

練習 U16-1 用「······不是······就是······」完成句子

1. 小張的壞習慣怎麼都改不了，每天抽菸，每天喝酒。
   小張的壞習慣怎麼都改不了，每天＿＿＿＿＿＿＿＿＿＿＿＿＿＿＿＿＿＿＿＿。

2. 李天明每天的早餐都差不多，有時候吃三明治，有時候吃蛋餅。
   李天明每天的早餐都差不多，＿＿＿＿＿＿＿＿＿＿＿＿＿＿＿＿＿＿＿。

3. 方文英最近常常感冒，常常拉肚子，因此跟公司請了好幾次病假。
   方文英最近＿＿＿＿＿＿＿＿＿＿＿＿＿＿＿，因此跟公司請了好幾次病假。

4. 那個國家最近有時候打仗，有時候天災不斷，所以去那裡旅遊的外國人很少。
   那個國家最近＿＿＿＿＿＿＿＿＿＿＿＿＿，所以去那裡旅遊的外國人很少。

5. 王家樂相當用功，有時候在圖書館看書，有時候找語言交換的朋友練習中文。
   王家樂相當用功，常常＿＿＿＿＿＿＿＿＿＿＿＿＿＿＿＿＿＿＿＿。

6. 小王工作上的表現很不好，他會把工作推給同事做，或是出了問題馬上逃避責任。
   小王工作上的表現很不好，＿＿＿＿＿＿＿＿＿＿＿＿＿＿＿＿＿＿＿。

U16-2　……（並）不是……而是……

很多朋友都問白凱文：
你女朋友是美國人嗎？
白凱文：她並不是美國人，而是英國人。

練習　U16-2　用「……（並）不是……而是……」完成句子

1. 田中秋子：醫生，我感冒了嗎？（鼻子過敏）
   醫生：妳的病＿＿＿＿＿＿＿＿＿＿＿＿＿＿＿＿＿＿，因為妳還不適應這裡的空氣。

2. 陳先生：這些不用的包裝材料，都當垃圾丟了吧？（可以回收再利用的資源）
   陳太太：這些包裝材料＿＿＿＿＿＿＿＿＿＿＿＿＿＿＿＿＿，所以別丟了。

3. 張小姐：妳昨天看的電影怎麼樣？劇情非常緊張刺激吧？（恐怖跟傷心）
   林小姐：那部電影帶給我的感覺＿＿＿＿＿＿＿＿＿＿，我一邊看一邊覺得難過。

4. 學生：老師，佛教是中國的宗教，對不對？（印度）
   老師：佛教＿＿＿＿＿＿＿＿＿＿＿＿＿＿＿＿＿＿＿＿＿＿＿＿。

5. 大學生：經濟不景氣是我們一個國家的問題！（全球的問題）
   經濟學教授：經濟不景氣＿＿＿＿＿＿＿＿＿＿＿＿＿＿＿＿＿＿＿。

6. 高太太：張先生夫婦離婚，是因為外遇問題嗎？（個性不合的問題）
   李小姐：張先生夫婦離婚的原因＿＿＿＿＿＿＿＿＿＿＿＿＿＿＿＿＿。

U16-3　……是…… 而／並 不是……

蔬菜？ 水果？

臺灣人：我們覺得，有的番茄是蔬菜，有的番茄是水果。

外國學生：我們國家的人認為，番茄是一種蔬菜，並不是水果。

練習 U16-3　用「……是…… 而／並 不是……」完成句子

1. 學生A：昨天在夜市，我看見妳跟一個男的一起吃東西，他是妳男朋友嗎？（室友）
   學生B：他＿＿＿＿＿＿＿＿＿＿＿＿＿＿＿＿＿＿＿＿＿＿。

2. 老闆：今天下午的會是兩點半開，對吧？（下午三點）。
   秘書：今天開會的時間＿＿＿＿＿＿＿＿＿＿＿＿＿＿＿＿＿。

3. 記者：很多顧客說你們公司賣的米是從外國進口的。（臺灣出產的）
   米廠老闆：我們公司賣的米＿＿＿＿＿＿＿＿＿＿＿＿＿＿＿。

4. 病人：張醫師，我的感冒有點嚴重，是流行性感冒嗎？（一般的感冒）
   醫生：放心，你的感冒＿＿＿＿＿＿＿＿＿＿＿＿＿＿＿＿＿。

5. 李天明：你常搭那家航空公司的飛機是因為他們的票價便宜嗎？
   （班機時間適合我的需要）
   方文英：我常搭那家航空公司的飛機＿＿＿＿＿＿＿＿＿＿＿。

6. 記者：警方今天在飛機場查到一大批走私動物的毛皮，是不是？（象牙）
   警察：我們今天早上在機場查到的走私品＿＿＿＿＿＿＿＿＿。

17 夜店裡的人,跳舞的跳舞,喝酒的喝酒

U17-1 一邊 V₁,一邊 V₂

很多人喜歡洗澡的時候唱歌。

➡ 很多人喜歡一邊洗澡,一邊唱歌。

「一邊V₁,一邊V₂」
是在短時間裡同時做兩件事。

練習 U17-1 用「一邊 V₁,一邊 V₂」完成句子

1. 越來越多人喜歡走路的時候低頭看手機。

越來越多人喜歡＿＿＿＿＿＿＿＿＿＿＿＿＿＿＿＿＿＿＿＿＿＿＿＿＿＿。

2. 警察警告駕駛人,開車的時候不可以拿手機講電話。

警察警告駕駛人,不可以＿＿＿＿＿＿＿＿＿＿＿＿＿＿＿＿＿＿＿＿＿。

3. 醫生說,吃飯的時候看電視或上網,對健康非常不好。

醫生說,＿＿＿＿＿＿＿＿＿＿＿＿＿＿＿＿＿＿＿＿＿,對健康非常不好。

4. 那個小孩被壞人追著跑,他跑著大喊「救命!」

那個小孩被壞人追著跑,他＿＿＿＿＿＿＿＿＿＿＿＿＿＿＿＿＿＿＿＿。

5. 林學友走路的時候,把登山背包背到背上。

林學友＿＿＿＿＿＿＿＿＿＿＿＿＿＿＿＿＿＿＿＿＿＿＿＿＿＿＿＿＿。

6. 很多華人家庭在除夕夜,家人吃年夜飯、看電視節目。

很多華人家庭在除夕夜,家人＿＿＿＿＿＿＿＿＿＿＿＿＿＿＿＿＿＿＿。

U17-2　一面 V₁，一面 V₂

越來越多學生念書，也打工賺生活費。

➡ 越來越多學生，一面念書，一面打工賺生活費。

「一面V₁，一面V₂」是在比較長的時間裡，兩個情形一直繼續下去。

練習 U17-2　用「一面 V₁，一面 V₂」完成句子

1. 不少大學教授在大學教書，也作研究。

不少大學教授在大學＿＿＿＿＿＿＿＿＿＿＿＿＿＿＿＿＿＿＿＿＿＿＿＿。

2. 那位單親媽媽除了工作賺錢，她也要照顧孩子。

那位單親媽媽＿＿＿＿＿＿＿＿＿＿＿＿＿＿＿＿＿＿＿＿＿＿＿＿＿。

3. 張先生跟李小姐交往，也跟陳小姐約會。

張先生＿＿＿＿＿＿＿＿＿＿＿＿＿＿＿＿＿＿＿＿＿＿＿＿＿＿＿＿＿。

4. 學生練習演講比賽後，老師除了鼓勵他，也告訴學生要改善的地方。

學生練習演講比賽後，老師＿＿＿＿＿＿＿＿＿＿＿＿＿＿＿＿＿＿＿＿。

5. 那家投資公司賣出大量美元，但是也買進不少黃金與石油期貨。

那家投資公司＿＿＿＿＿＿＿＿＿＿＿＿＿＿＿＿＿＿＿＿＿＿＿＿＿。

6. 那個國家的政府不但加強跟附近國家的關係，也開始改善國內的經濟。

那個國家的政府＿＿＿＿＿＿＿＿＿＿＿＿＿＿＿＿＿＿＿＿＿＿＿＿。

U17-3　VS₁ 的 VS₁，VS₂ 的 VS₂……

田中秋子覺得夜市裡的小吃，辣的辣，鹹的鹹，油膩的油膩，她都不想吃。

油膩　鹹　辣

練習 U17-3　用「VS₁ 的 VS₁，VS₂ 的 VS₂……」完成句子

1. 這張光碟裡的音樂，＿＿＿＿＿＿＿＿＿＿＿＿＿＿＿＿＿＿＿（吵；怪），我都不喜歡。

2. 方文英到老師家包餃子，可是她包的餃子＿＿＿＿＿＿＿＿＿＿＿＿＿（大 ；小），
老師要她多練習。

3. 王家樂整理衣服，發現有不少衣服＿＿＿＿＿＿＿＿＿＿＿＿＿＿＿＿＿＿
（舊 ； 小 ； 破），她打算都丟了。

4. 張明真想買一個新手機，到手機店看過以後覺得＿＿＿＿＿＿＿＿＿＿＿＿＿＿
（貴 ； 難看），結果沒買。

5. 林文德打算租房子，但是看過的房子＿＿＿＿＿＿＿＿＿＿＿＿＿（髒；小），他真
不知道該怎麼辦？

6. 家名最近找工作，面談以後覺得那些老闆＿＿＿＿＿＿＿＿＿＿＿＿＿（小氣；現實）
他最後決定不換工作了。

U17-4　　VP₁ 的 VP₁，VP₂ 的 VP₂……

週末夜店裡人山人海，大家跳舞的跳舞，喝酒的喝酒，聊天的聊天。

在飛機場等轉機的旅客很多，他們休息的休息，上網的上網，喝咖啡的喝咖啡。

練習 U17-4　　用「VP₁ 的 VP₁，VP₂ 的 VP₂……」完成句子

1. 很多小孩子在公園裡玩遊戲，他們＿＿＿＿＿＿＿＿＿＿＿＿（笑；叫），很開心。

2. 在熱門音樂演唱會現場，歌迷們＿＿＿＿＿＿＿＿＿＿＿＿（跳舞；一起唱）。

3. 在機場等轉機的旅客很多，旅客們＿＿＿＿＿＿＿＿＿＿＿＿＿＿＿＿＿

（上網；休息；逛免稅店）。

4. 早上去公園的人不少，大家在那裡＿＿＿＿＿＿＿＿＿＿＿＿＿＿＿＿＿

（慢跑；練太極拳；跳土風舞）。

5. 夜市裡到處擠滿了人，大家＿＿＿＿＿＿＿＿＿＿＿＿＿＿＿＿＿＿＿

（吃小吃；買東西），還有人只是逛逛。

6. 圖書館裡坐滿了學生，學生們＿＿＿＿＿＿＿＿＿＿＿＿＿＿＿＿＿＿

（念書；寫作業；睡覺）。

7. 週末的購物中心到處都是人，顧客們＿＿＿＿＿＿＿＿＿＿＿＿＿＿＿＿＿

（購物；用餐；看電影）。

8. 大學畢業十年以後，我的同學們＿＿＿＿＿＿＿＿＿＿＿＿＿＿＿＿＿＿

（結婚；生孩子；移民），變化都很大。

他因為申請到獎學金而來臺灣學中文

U18-1 ……因為……而……

李天明來臺灣學中文
申請到了獎學金

➡ 李天明因為申請到了獎學金
而來臺灣學中文。

謝心美不得不取消旅行計畫
飛機駕駛罷工

➡ 謝心美因為飛機駕駛罷工
而不得不取消旅行計畫。

練習 U18-1 用「……因為……而……」寫出完整的句子

1.

酒後駕駛　　　　　王偉華被警察開了一張罰單

_____ 。

2.

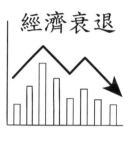 

經濟不景氣   張文德失業了

3.

方大明失戀   方大明染上酗酒的習慣

4.

空氣汙染   李英愛的鼻子經常過敏

5.

 →

沒得到經費補助　　　　　張教授放棄研究計畫

　　　　　　　　　　　　　　　　　　　　　　　　　　。

6.

 →

智慧型手機快速發展　　　　人與人的聯絡更便捷了

　　　　　　　　　　　　　　　　　　　　　　　　　　。

7.

 →

錢明宜老師上課前充分準備功課　　錢明宜老師相當受學生喜歡

　　　　　　　　　　　　　　　　　　　　　　　　　　。

8.

那家企業產品有重大瑕疵　　　　　那家企業的老闆向消費者道歉

。

U18-2　　……為了……而……

目的：　　　　　　　　　　　目的：

那家企業把工廠遷到中國大陸
降低生產成本
➔ 那家企業為了降低生產成本
而把工廠遷到中國大陸。

何美麗搬到中國去住一年
研究中國方言
➔ 何美麗為了研究中國方言
而打算到中國住一年。

目的：

那家企業老闆不應該讓大量警察進
入工廠阻止罷工
➔ 那家企業老闆不應該為了阻止罷
工而讓大量警察進入工廠。

王玉華不想讓父母高興
跟那個男的結婚
➔ 王玉華不想為了讓父母高興
而跟那男的結婚。

「因為」後面是原因，
「為了」後面是目的。

練習 U18-2 用「……為了……而……」寫出完整的句子

1.

 →

那個運動員接受密集訓練　　　提高比賽名次

_____。

2.

 →

田中秋子搬到臺灣來住　　　研究臺灣宗教

_____。

3.

 →

王大同搬家了　　　王大同給孩子更好的學習環境

_____。

4.

 →

學生們請老師吃飯　　　學生們對老師表達謝意

_____。

5.

 →

林學英一連加了三天的班　　　　林學英把工作做好

6.

 →

張文德逼自己養成每天運動的習慣　　張文德使身體健康

7.

 →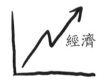

政府宣布了多項新經濟政策　　　　政府刺激景氣

8.

 →

警方決定增加罰款　　　　警方降低酒後駕駛的發生率

9.

 →

李大明不會吸食毒品　　　李大明減輕壓力

_____。

10.

 →

林秋華不想放棄工作　　　林秋華照顧家庭、孩子

_____。

▶ 練習　U18-3　　綜合練習（ 填「因為」或「為了」，也可能兩個都可以 ）

1. 很多人_____不想付錢而從網路上下載不合法的音樂或電影。

2. 學校_____颱風而宣布停課一天。

3. 田中秋子_____申請臺灣的大學而先來臺灣學中文。

4. 謝心美_____要輕鬆一點而只選了四門課。

5. 那個球員_____打了裁判而不能參加比賽。

6. 林文德_____得自己付房租而去找了一份打工的工作。

7. 何美麗_____工作面談而買了一件新衣服。

8. 李大明_____怕過敏而不吃海鮮。

9. 不少大學生_____省錢而租便宜的房子。

10. 張太太常常_____子女的教育問題而跟張先生吵架。

Unit **19** 為了趕時間而開車超速的人很多

U19-1 因為……而……的 N

失戀　自殺
……的人不值得同情

➡ 因為**失戀**而**自殺**的人**不值得同情**。

高速公路塞車　趕不上飛機
……的人很倒楣

➡ 因為**高速公路塞車**而**趕不上飛機**的人**很倒楣**。

練習 U19-1　用「……因為……而……的 N」寫句子

1.

睡過頭　　　　　　　偷懶請假

＿＿＿＿＿＿＿＿＿＿＿＿＿＿＿＿＿＿＿＿＿＿＿＿＿＿＿的人很不負責任。

2.

喜歡京劇

開始學戲

_____的人相當少見。

3.

經濟不景氣

失業

_____的勞工在政府部門前抗議。

4.

照顧家庭

犧牲自己工作機會

在傳統社會裡，_____的婦女很多。

U19-2 因為……而……的 N……

老闆叫那個……
宿醉；請假
……的員工走路了

醫生勸那些……
工作壓力大；抽菸
……的人最好戒菸

➡ 老闆叫那個因為宿醉而請假
的員工走路了。

➡ 醫生勸那些因為工作壓力大
而抽菸的人最好戒菸。

練習 U19-2 用「……因為……而……的 N……」寫句子

1.

家庭經濟問題　不能繼續上學

李老師幫很多＿＿＿＿＿＿＿＿＿＿＿＿＿＿＿＿＿＿＿＿＿的學生補習。

2.

不想付費　下載沒有版權的電影

政府警告那些＿＿＿＿＿＿＿＿＿＿＿＿＿＿＿＿＿＿＿＿的人已經違反法律了。

3.

恐怖攻擊　受傷

警方盡快把那些＿＿＿＿＿＿＿＿＿＿＿＿＿＿＿＿＿＿＿的民眾送到醫院。

4.

偷渡　被抓的非法移民

政府將那些＿＿＿＿＿＿＿＿＿＿＿＿＿＿＿＿＿＿＿＿＿送回國。

U19-3　為了……而……的 N……

有人為了趕時間而開車超速。
這種人很多。

➡ 為了趕時間而開車超速的人很多。

練習 U19-3　用「為了……而……的 N……」寫句子

1. 　① 有人為了追求財富而放棄理想　② 這種人很現實

_____。

2. 　① 有人為了達到目的而不擇手段　② 這種人大概沒什麼朋友

_____。

3. 　① 有的現代婦女為了照顧家庭、孩子而放棄工作　② 這種現代婦女越來越少了

_____。

4. 　① 有人為了自己方便而隨便亂停車　② 這種人很沒有公德心

_____。

U19-4 ……為了……而……的 N ……

有人為了逃避工作壓力而辭職
很多人都看不起這種人

➡ 很多人都看不起為了逃避工作壓力而辭職的人。

練習 U19-4 用「……為了……而……的 N ……」寫句子

1. 消防隊員為了救人而不顧自己安全；社會大眾非常尊敬這種消防隊員

_____。

2. 卡車駕駛為了長途開車而吸食安非他命；警方相當注意那些卡車駕駛

_____。

3. 很多孩子有為了玩電腦遊戲而晚睡的行為；父母很看不慣孩子的這種行為

_____。

4. 有人為了減肥而只吃蔬菜水果；醫師建議那些人注意營養均衡的問題

_____。

89

這家餐廳的菜，好吃是好吃，可是有點貴

X 是 X，可是……

這家餐廳的菜，好吃<u>是</u>好吃，可是有點貴。

X 可以是 Vs 或 phrase

練習 U20-1-1　用「X 是 X，可是……」完成句子

1. A：他的態度很客氣，你為什麼不問他呢？

B：他的態度＿＿＿＿＿＿＿，可是 ＿＿＿＿＿＿＿。（客氣；有點怪）

2. A：騎摩托車很方便，你為什麼不騎摩托車去旅行呢？

B：騎摩托車＿＿＿＿＿＿＿，可是 ＿＿＿＿＿＿＿。（方便；不太安全）

3. A：你昨天看的那部電影怎麼樣？好看嗎？

B：那部電影＿＿＿＿＿＿，可是 ＿＿＿＿＿＿＿＿＿＿＿＿＿。

（好看；有些劇情不太合理）

4. A：那家商店提供客人免費的塑膠袋，你為什麼不要？

B：買東西時，商店用塑膠袋裝，＿＿＿＿＿＿可是 ＿＿＿＿＿。（省事；不環保）

5. A：我認為運動對身體健康很有幫助。

B：運動對身體健康 ＿＿＿＿＿＿＿＿＿，可是 ＿＿＿＿＿＿＿＿＿＿＿。

（有幫助；要注意運動傷害的問題）

練習 U20-1-2 　　用「χ是χ，可是……」完成句子

1. 我的手機＿＿＿＿＿＿＿＿＿，可是 ＿＿＿＿＿＿＿＿＿＿（便宜；功能很好）。

2. 王玉華說她爺爺＿＿＿＿＿＿，可是 ＿＿＿＿＿＿＿＿＿＿＿＿＿＿＿＿。
（老；視力、聽力都沒問題）。

3. 王家樂說他的那隻手表＿＿＿＿＿＿＿，可是＿＿＿＿＿＿＿，那是他奶奶送他的。
（舊；很有紀念性）。

4. 張太太安慰朋友，錢被搶了，＿＿＿＿＿＿＿＿＿，可是＿＿＿＿＿＿＿。
（倒楣；人沒受傷就好了）。

5. 這公寓附近的環境＿＿＿＿＿＿＿，可是 ＿＿＿＿＿＿＿，所以謝美心決定租這個房子。
（吵；晚上還算安靜）。

練習 U20-1-3 　　用「χ是不χ，可是……」完成句子

1. 方文英：煮牛肉麵麻煩不麻煩？
張明真：煮牛肉麵＿＿＿＿＿＿是不＿＿＿＿＿＿，可是 ＿＿＿＿＿＿＿＿＿＿
＿＿＿＿＿＿＿＿＿＿＿＿＿＿＿＿。（麻煩；要煮得好吃並不容易）

2. 王家樂：我覺得豬血糕很難吃，看起來也有點恐怖。
謝心美：不過不少外國人覺得豬血糕＿＿＿＿＿＿是不＿＿＿＿＿＿，可是 ＿＿＿＿＿
＿＿＿＿＿＿＿＿＿＿＿＿＿＿＿＿。（難吃；看起來是有點恐怖）

3. 錢明宜：妳為什麼不買那件衣服？不貴啊。
田中秋子：那件衣服＿＿＿＿＿＿是不＿＿＿＿＿＿，可是 ＿＿＿＿＿＿＿＿＿＿
＿＿＿＿＿＿＿＿＿＿＿＿＿＿＿＿。（貴；衣服的顏色不太適合我）

4. 錢明宜：這一課的聽寫，你為什麼考得不好？生詞太難了嗎？
李天明：我覺得這一課的生詞＿＿＿＿＿是不＿＿＿＿＿，可是 ＿＿＿＿＿＿＿＿＿＿
＿＿＿＿＿＿＿＿＿＿＿＿＿＿＿。（難；大部分的字寫起來都很複雜）

5. 王秋華：妳昨天的工作面談怎麼樣？緊張嗎？

李英愛：這次的工作面談＿＿＿＿＿是不＿＿＿＿＿＿，可是＿＿＿＿＿＿＿＿＿＿＿＿＿

＿＿＿＿＿＿＿＿＿＿＿＿＿＿＿＿＿＿＿。（緊張；那位老闆對我的態度好像很冷淡）

U20-2　　……　不但不／不但沒 ……，反而……

氣象報告說，今天臺灣全島的氣溫
都有一點低。
可是——
今天的天氣不但不冷，反而很熱。

練習　U20-2　　用「…… 不但不／不但沒 ……，反而……」完成句子

1. 不少外國人覺得臭豆腐……。（臭；很好吃）

＿＿＿＿＿＿＿＿＿＿＿＿＿＿＿＿＿＿＿＿＿＿＿＿＿＿＿＿＿＿＿＿＿＿。

2. 健康雜誌上說，抽菸……。（能減輕工作壓力；會造成嚴重的健康問題）

＿＿＿＿＿＿＿＿＿＿＿＿＿＿＿＿＿＿＿＿＿＿＿＿＿＿＿＿＿＿＿＿＿＿。

3. 天氣預報說今天會下雨，可是今天……。（下雨；太陽很大）

＿＿＿＿＿＿＿＿＿＿＿＿＿＿＿＿＿＿＿＿＿＿＿＿＿＿＿＿＿＿＿＿＿＿。

4. 那對男女朋友把誤會解釋清楚以後，……。（分手；決定結婚了）

_____ 。

5. 張文德在工作上出了一點問題，他老實告訴老闆，老闆……。

（罵他；跟他一起想辦法解決）

_____ 。

6. 經濟學教授認為，政府新的經濟政策……。

（能解決問題；會讓貧富差距的問題更嚴重）

_____ 。

Note

Unit *21* 不管芒果還是鳳梨，臺灣人都很喜歡吃

U21-1 不管／不論／無論 A（、B）
還是／或是 C，（……）都……

芒果，臺灣人都很喜歡吃；鳳梨，臺灣人都很喜歡吃。
➡ 不管／不論／無論 芒果還是鳳梨，臺灣人都很喜歡吃。

練習 U21-1 用「不管／不論／無論 A、（、B）還是／或是 C，（……）都……」寫句子

1. 愛情小說，田中秋子愛看；歷史小說，田中秋子愛看；恐怖小說，田中秋子愛看。

_____。

2. 吃火鍋，李大明喜歡辣一點的味道；吃烤肉，李大明喜歡辣一點的味道。

_____。

3. 在臺灣，城市的家庭，很多家庭都有摩托車；鄉下的家庭，很多家庭都有摩托車。

_____。

4. 歐洲的國家，不少國家過聖誕節；非洲的國家，不少國家過聖誕節；亞洲的國家，不少國家都過聖誕節。

_____。

5. 大家，游泳要注意安全；大家，登山要注意安全。

_____ 。

6. 騎摩托車的人，應該戴安全帽；坐摩托車的人，應該戴安全帽。

_____ 。

7. 茶，這種飲料有咖啡因；咖啡，這種飲料有咖啡因；可樂，這種飲料有咖啡因。

_____ 。

8. 臺北市，這個大城市有方便、乾淨的捷運；高雄市，這個大城市有方便、乾淨的捷運。

_____ 。

9. 西瓜，這種水果是臺灣夏天的水果；芒果，這種水果是臺灣夏天的水果。

_____ 。

10. 印尼，這個國家有很多華僑；越南，這個國家有很多華僑；泰國，這個國家有很多華僑。

_____ 。

11. 打太極拳，這種運動對身體健康有很大的好處；練習瑜伽，這種運動對身體健康有很大的好處。

_____ 。

U21-2　不管／不論／無論 A（、B）還是／或是 C，（……）都不／都沒……

學生上課　　　　　　　　　　　學生考試

學生，上課不應該拿著手機上網；考試不應該拿著手機上網。
➡ 不管／不論／無論（學生）上課還是／或是（學生）考試，
學生都不應該拿著手機上網。

林心怡，她不想學德文；王玉華，她不想學德文。

➡ 不管／不論／無論 林心怡 還是／或是 王玉華，
（她們）都不想學德文。

王定一，他沒去過西班牙；林文娟，她沒去過西班牙；
王大同，他沒去過西班牙。

➡ 不管／不論／無論 王定一、林文娟 還是／或是 王大同，
（他們）都沒去過西班牙。

練習 U21-2 用「不管／不論／無論 A（、B）還是／或是 C，（……）
都不／都沒……」寫句子

1. 在圖書館，大家不可以大聲講話；在電影院，大家不可以大聲講話；在醫院，大家
不可以大聲講話。

_____ 。

2. 去工作面談，每個人都不應該穿得太隨便；參加婚禮，每個人都不應該穿得太隨便。

_____ 。

3. 臺灣，這個國家不出產石油；韓國，這個國家不出產石油；日本，這個國家不出產石油。

_____ 。

4. 為了減輕壓力，每個人都不應該吸毒；為了逃避現實，每個人都不應該吸毒。

_____ 。

5. 謝心美，不喜歡吃榴槤；方文英，不喜歡吃榴槤。

_____ 。

6. 張小華，他沒準備今天的考試；王美美，她沒準備今天的考試。

_____ 。

7. 方文英，她沒辦法參加李英愛的婚禮；王家樂，她沒辦法參加李英愛的婚禮。

_____ 。

8. 這個候選人，他沒什麼選民支持；那個候選人，他都沒什麼選民支持。

_____ 。

9. 醫生說，炸的東西，我們不應該多吃；烤的東西，我們不應該多吃。

_____ 。

10. 在臺灣，在校園，大家都不可以抽菸；在車站，大家都不可以抽菸；在百貨公司，大家都不可以抽菸。

_____ 。

11. 對很多西方人來說，中文，這種語言不容易學；日文，這種語言不容易學。

_____ 。

22 不管那支手機貴不貴，林芳芳都要買

U22-1　不管／不論／無論 ……QW……，（……）都……

在臺灣，這一個城市，有很多便利商店；那一個城市，有很多便利商店。

➡ 在臺灣，不管哪一個城市，（這些城市）都有很多便利商店。

練習 U22-1　用「不管／不論／無論 ……QW……，（……）都……」
寫句子

1. 上、下班的時候，這一班捷運，擠滿了乘客；那一班捷運，擠滿了乘客。

_____ 。

2. 做這種工作（的人），要繳所得稅給政府；做那種工作（的人），要繳所得稅給政府。

_____ 。

3. 在這個國家，華僑有慶祝春節的傳統文化；在那個國家，華僑有慶祝春節的傳統文化。

_____ 。

4. 現在有很多人，這個時候，（他們）拿著手機上網；那個時候，（他們）拿著手機上網。

_____ 。

5. 這一個國家，有自己的選舉制度；那一個國家，有自己的選舉制度。

_____ 。

6. 這一種宗教，帶給人們平安和希望；那一種宗教，帶給人們平安和希望。

_____ 。

7. 在臺灣，這一個家庭，得付垃圾處理費；那一個家庭，得付垃圾處理費。

_____ 。

8. 用這種方法發電，可能汙染環境；用那種方法發電，可能汙染環境。

_____ 。

9. 你，不應該用吸毒來逃避現實；我，不應該用吸毒來逃避現實，他，不應該用吸毒來逃避現實。

_____ 。

10. 林心怡跟媽媽說，這個人請客，她不去；那個人請客，她不去。

_____ 。

11. 這種青菜，這麼做，很好吃；那麼做，很好吃。

_____ 。

12. 王偉華的女朋友，王偉華這麼解釋，她不相信他沒「腳踏兩條船」；王偉華那麼解釋，她不相信他沒「腳踏兩條船」。

_____

U22-2　不管／不論／無論 …… 不／沒 ……，（……）都……

貴 $28,000　便宜 $18,000

那隻手機貴，林芳芳要買;
那隻手機不貴，林芳芳要買。
➡ 不管那隻手機貴不貴，林芳芳都要買。

？　工作機會　？？
？

田中秋子跟錢明宜說，
那家公司還有工作機會，她想寄履歷表去試試看;
那家公司沒有工作機會，她想寄履歷表去試試看。
➡ 田中秋子跟錢明宜說，不管那家公司還有沒有
工作機會，她都想寄履歷表去試試看。

▶ **練習　U22-2** 用「**不管／不論／無論…… 不／沒 ……，（……）都……**」完成
句子

1. 媽媽告訴孩子：「這種藥苦，你得吃;這種藥不苦，你得吃。」

媽媽告訴孩子：「＿＿＿＿＿＿＿＿＿＿＿＿＿＿＿＿＿＿＿＿＿

＿＿＿＿＿＿＿＿＿＿＿＿＿＿＿＿＿＿＿＿＿＿＿＿＿＿＿＿。

2. 下雨，張明真出門帶傘;不下雨，張明真出門帶傘。

＿＿＿＿＿＿＿＿＿＿＿＿＿＿＿＿＿＿＿＿＿＿＿＿＿＿＿＿＿

＿＿＿＿＿＿＿＿＿＿＿＿＿＿＿＿＿＿＿＿＿＿＿＿＿＿＿＿。

3. 父母願意，林心怡要繼續跟男朋友交往下去；父母不願意，林心怡要繼續跟男朋友交往下去。

_____

_____ 。

4. 信基督教，（這些人）喜歡聖誕節的氣氛；不信基督教，（這些人）喜歡聖誕節的氣氛。

_____

_____ 。

5. 老師說，考試卷寫完，學生要在下課的時候交給老師；考試卷沒寫完，學生要在下課的時候交給老師。

老師說，_____

_____ 。

6. 錢明宜跟中山一成說，新年到了，有空，應該給父母打個電話；沒有空，應該給父母打個電話。

錢明宜跟中山一成說，新年到了，_____

_____ 。

Note

Unit 23

我又不是韓國人，我怎麼會說韓文

U23-1 ……並不／並沒……

林芳芳並不是韓國人，
你怎麼認為她是韓國人呢？

大家都覺得白凱文能通過這次的
獎學金考試，可是他並沒通過。

練習 U23-2 先決定用「並不」或「並沒」，再選 1、2、3 適當的位置

1. 李大明　1　想去看那部電影，可是田中秋子　2　拉他　3　去看。

_____。

2. 何國祥　1　常常跟剛認識的臺灣朋友說，他　2　是臺灣人，而　3　是印尼華僑。

_____。

3. 田中秋子的臺灣朋友　1　知道她以前　2　在臺灣　3　住過五年。

_____。

4. 雖然中山一成　1　跟房東　2　住在一起，可是他　3　清楚他的房東做什麼工作。

_____。

5. 王秋華 1 昨天休假，她 2 去醫院 3 上班。

                                                                  。

6. 謝心美 1 跟朋友說：「我 2 去過花蓮，你怎麼說我 3 去過？」

                                                                  。

7. 學校的美國學生 1 很多，可是別的老師 2 告訴我，錢明宜這個學期的班上 3 有美國學生。

                                                                   。

8. 警察 1 問李天明他朋友酒後開車的事，李天明 2 告訴警察，他 3 親眼看見他的朋友酒後開車。

                                                                   。

U23-2 ……可不／可沒……

林小姐：你聽說陳先生跟他太太離婚了嗎？
張先生：我可不知道，這是別人的家事，妳不要亂說。

張小姐：你又抽菸了？
林先生：我可沒抽菸，剛剛跟朋友聊天，他們抽菸，所以我身上有一點菸味。

練習 U23-2 先決定用「可不」或「可沒」，再選 1、2、3 適當的位置

1. 陳小姐：文心 ⬜1⬜ 知道她男朋友有別的女朋友了， ⬜2⬜ 是你告訴她的嗎？
　　張先生：我 ⬜3⬜ 說，也許是她自己發現的。

2. 陳美芳：你 ⬜1⬜ 怎麼騎機車載王玉華去陽明山看夜景？她 ⬜2⬜ 感冒了，你不知道嗎？
　　王偉華：我 ⬜3⬜ 載她去，她是跟她男朋友一起去的。

3. 張小華：你 ⬜1⬜ 聽說老闆最近 ⬜2⬜ 要叫誰走路嗎？
　　家名：這件事我 ⬜3⬜ 清楚。你不要說這些不確定的事，好不好？

4. 王文華：能不能 ⬜1⬜ 再借我一千塊錢？
　　王偉華：我 ⬜2⬜ 是你的提款機，而且，你上次跟我 ⬜3⬜ 借的一千塊還沒還給我！

5. 謝心美：我 ⬜1⬜ 說要跟你去看電影，你自己 ⬜2⬜ 去吧。
　　中山一成：可是我剛剛 ⬜3⬜ 訂了兩張電影票。

6. 王心怡：你能不能幫家名介紹一份工作？
　　林學英：我 ⬜1⬜ 幫他這個忙，上次幫他 ⬜2⬜ 介紹租房子，結果弄得很不愉快，
　　　　　　你 ⬜3⬜ 忘了嗎？

7. 張先生：關於這件事，你 ⬜1⬜ 同意我的看法吧？
　　李先生：我跟你的看法 ⬜2⬜ 一樣，我 ⬜3⬜ 認為這件事還要再考慮、考慮。

8. 高先生：老王，我 ⬜1⬜ 聽王定一他們夫婦說你的生日 ⬜2⬜ 快到了，是不是？
　　王彩方：你們 ⬜3⬜ 要給我準備什麼生日聚餐，大家花錢讓我很不好意思。

9. 白凱文：我 ⬜1⬜ 認識一個朋友，他買得到大麻，你要不要抽抽看？
　　王家樂：這我 ⬜2⬜ 敢嘗試，萬一上癮了怎麼辦？我 ⬜3⬜ 勸你也別試。

U23-3　……又不／又沒……

白凱文：這句韓文怎麼說？
田中秋子：我又不是韓國人，我怎麼會說？

王大同：我們去看部電影，怎麼樣？
陳美芳：那部電影又沒有什麼內容，我不想去看。

練習　U23-3　先決定用「又不」或「又沒」，再選1、2、3適當的位置

1. 王美美：唉，我昨天　1　發現我男朋友又跟別的女生去看電影了。
　　林芳芳：妳　2　是不知道他很花，我　3　勸妳早點跟他分手吧。

2. 妹妹：姊，妳知不知道我的護照有效日期　1　到什麼時候？
　　姊姊：妳　2　告訴我，我怎麼　3　會知道？

3. 林文娟：你怎麼請王美美去喝酒，你不知道她　1　懷孕了嗎？
　　林文德：她　2　說，我怎麼知道？要是我　3　知道，當然不可能約她去喝酒。

4. 家名：走，我們　1　去巷口那家餐廳　2　吃飯吧。
　　文心：那家店的菜　3　好吃，你為什麼非去不可？

5. 林學友：你 1 給小李打個電話， 2 告訴他我們明天的計畫。
　　林學中：我 3 他的電話，要打，你不會自己打？

6. 老師：現在 1 聽寫這一課的句子。
　　學生：老師，你昨天 2 說今天聽寫，明天 3 再聽寫，好不好？

7. 林芳芳：我們這兩件衣服 1 看起來差不多，怎麼妳那件 2 那麼貴？
　　文心：拜託──，我這件的品質跟妳那件 3 一樣，我這件可是名牌的。

Note

Unit 24 孔子在中國歷史上相當重要

U24-1 一方面……，一方面……（也）……

5年 　　　　　　　　　　28歲

謝心美跟男朋友已經交往五年了，再說，她也快三十歲了，所以他們決定結婚了。

➡ 謝心美決定跟男朋友結婚了，一方面他們已經交往五年了，一方面她也快三十歲了。

練習 U24-1 A、B、C 各選一個完成句子，A、B、C 每個都只能用一次，再加「一方面……，一方面……（也）……」

A	B	C
那部電影相當賣座，	氣氛比較緊張刺激，	他能看清楚球場全部的情形。
田中秋子打算搬家，	那些地方他都去過了，	男、女主角的演技很好。
林學文想買那部汽車，	現在的房東打算賣房子，	書的內容適合我的中文程度。
王家樂喜歡到球場看足球賽，	劇情帶給觀眾新鮮感，	他太太最近快生產了。
李大明不想參加他們公司的旅遊活動，	我對這本書介紹的臺灣傳統文化有興趣，	他開慣了那個牌子的汽車。
我想買這本中文書，	汽車的價錢很合理，	住的地方離學校太遠了。

1. _____ 。

2. _____ 。

3. _____ 。

4. _____ 。

5. _____ 。

6. _____ 。

U24-2　（在）……上

範圍

佛教、基督教和回教都是
世界上重要的宗教。

方面

孔子在中國歷史上是相
當重要的人物。

練習 U24-2 把答案寫在句子裡，每個只能用一次 （有一個不用）

經濟上	在法律上	在世界上	在傳統上	在失業問題上
在經濟問題上	教育方式上	在社會上	在經濟上	在生活上
電視上	在工作上	在技術上	在教育上	感情上

1. 那家大企業的老闆＿＿＿＿＿＿很有名，＿＿＿＿＿＿常常看得見他的新聞。

2. 中國＿＿＿＿＿＿越來越有＿＿＿＿＿＿的影響力了。

3. 林芳芳跟男朋友前幾個月＿＿＿＿＿＿有些問題，不過現在已經解決了。

4. 李大明最近＿＿＿＿＿＿有一些看法跟老闆不太一樣，這件事讓他很煩惱。

5. 王秋華＿＿＿＿＿＿很有計畫，工作、休閒活動……什麼的，都安排得很好。

6. 張先生夫婦在對孩子的＿＿＿＿＿＿常常有相反的看法。

7. 一般人要是＿＿＿＿＿＿碰到問題，常常不知道怎麼辦。

8. 政府＿＿＿＿＿＿沒有很有效的解決辦法，這種情況引起很多失業的人的抗議。

9. 每個國家＿＿＿＿＿＿都有很多要處理、要解決的難題。

10. 在臺灣，城市裡的孩子跟鄉下的孩子＿＿＿＿＿＿有一些不平等的地方，比方學校的設備、外語教育什麼的。

11. 那家電腦製造公司說，要生產更輕、更薄的平板電腦＿＿＿＿＿＿已經沒問題了。

12. 王玉華＿＿＿＿＿＿還沒獨立，學費、生活費還需要父母提供。

想吃什麼小吃就吃什麼小吃

U25-1　要／想 V QW……就 V QW……

在臺灣的夜市裡，有各種各樣的小吃，也可以隨便買東西。

➡ 在臺灣的夜市裡，你想吃什麼小吃就吃什麼小吃，想買什麼就買什麼。

練習 U25-1　用「要／想 V QW……就 V QW……」完成句子

1. 王文華參加一個付費的電影網站，有各種各樣的電影，看電影真方便。
　王文華參加一個付費的電影網站，＿＿＿＿＿＿＿＿＿＿＿＿＿＿＿，真方便。

2. 張文德請朋友吃飯，他跟朋友說：「隨便點菜，不必客氣。」
　張文德請朋友吃飯，他跟朋友說：「＿＿＿＿＿＿＿＿＿＿＿，不必客氣。」

3. 田中秋子跟好朋友說：「我的漫畫書很多，妳都可以看，自己選，別客氣。」
　田中秋子跟好朋友說：「我的漫畫書很多，＿＿＿＿＿＿＿＿＿＿，別客氣。」

4. 新開的購物中心很大，裡面的店很多，哪一家都可以進去逛，又輕鬆又自在。
　新開的購物中心很大，裡面的店很多，＿＿＿＿＿＿＿＿＿＿，又輕鬆又自在。

5. 王偉華從家裡搬出來一個人住，他跟朋友說：「一個人住，隨便想做什麼都可以，真自在！」
　王偉華從家裡搬出來一個人住，他跟朋友說：「一個人住，＿＿＿＿＿＿＿＿＿＿，真自在！」

6. 自從林文德買了車以來，他覺得真方便，因為隨便想去哪裡都可以，比搭客運、火車方便多了。

自從林文德買車以來，他覺得真方便，因為＿＿＿＿＿＿＿＿＿＿＿＿＿＿＿＿，
比搭客運、火車方便多了。

U25-2 ……QW Vs 就 V QW……

家名：這兩間套房，我覺得都差不多，妳想租哪一間？

➡ 王美美：如果都差不多，哪間光線好（我）就租哪一間。

練習 U25-2 用「……QW Vs 就 V QW……」完成句子

1. 林心怡跟男朋友在夜市裡。
男朋友：妳想吃什麼？
林心怡：隨便，＿＿＿＿＿＿＿＿＿＿＿＿＿＿＿吧。（好吃）

2. 林學文跟林學中談選舉的事情。
林學文：這次選舉，你想選哪一個候選人？
林學中：＿＿＿＿＿＿＿＿＿＿＿＿＿＿＿。（政治想法好）

3. 田中秋子跟中山一成談租房子的事。
田中秋子：你看完這幾個地方，決定租哪裡了嗎？
中山一成：還沒決定，不過我想＿＿＿＿＿＿＿＿＿＿＿。
（房間大）。

4. 林學文在網路上查家具店的資料。

林學文：這裡有幾家還不錯的家具店，妳想去哪裡買沙發？

張明真：_____（便宜）。

5. 王偉華跟同事在辦公室加班。

王偉華的同事：剛剛不是說要打電話訂 pizza 嗎？誰打電話？

王偉華：現在_____（有空）。

6. 李大明跟女朋友討論電影網站上的電影。

李大明：我選了這幾部電影，妳想看哪一部？

女朋友：_____（有意思）。

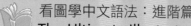

U25-3　　怎麼 Vs 就怎麼 V……

林秋華：我該怎麼圍圍巾？

➡ 王玉華：怎麼好看（妳）就怎麼圍啊！

練習 U25-3 用「怎麼 Vs 就怎麼 V……」完成句子

1. 陳美芳：我今天買了一條魚，你想怎麼吃？煎？還是煮湯？

王大同：_____。（好吃）

2. 張小華：快來不及了，我們怎麼去火車站？

文心：當然是_____啊！（快）

3. 王美美：對不起，我這裡太小了，妳要睡沙發床？還是睡床墊？

林芳芳：無所謂，_____。（舒服）

4. 方文英：妳要我怎麼幫妳拍？

田中秋子：_____吧！（漂亮）

5. 公司職員：請問，這件事，我該怎麼處理？

公司老闆：你_____，你自己決定就好了。（方便）

Unit 26 王玉華一會兒吃漢堡，一會兒吃牛肉麵

U26-1 ……，（……）甚至（於）……

那個地方今年有很多天災，有颱風、有地震，甚至（於）有海嘯。

> 「甚至」後面的詞或短語常讓人覺得驚訝，「甚至於」常用在書面上。

練習 U26-1 把 1、2、3、4 填在適當的地方

1. 今年夏天颱風特別多，每個月都有＿＿＿＿＿＿，七月甚至（於）來了＿＿＿＿＿＿。
（1 三個／ 2 一個）

2. 臺灣夏天很熱，溫度差不多都在＿＿＿＿＿＿，有時候甚至（於）到＿＿＿＿＿＿。
（1 三十四、五度／ 2 三十八度）

3. 陳先生夫妻感情不好，常常＿＿＿＿＿＿，有時候甚至（於）還＿＿＿＿＿＿。
（1 吵架／ 2 打起架來）

4. 李天明會修理很多東西，他修理過＿＿＿＿＿＿、＿＿＿＿＿＿，甚至（於）還會修理＿＿＿＿＿＿。（1 電腦／ 2 智慧型手機／ 3 手表）

5. 有些人受不了太大的壓力，這時可能會＿＿＿＿＿＿、＿＿＿＿＿＿，甚至（於）＿＿＿＿＿＿。（1 自殺／ 2 喝酒／ 3 抽菸）

6. 謝心美會說很多外國話，像＿＿＿＿＿＿、＿＿＿＿＿＿、＿＿＿＿＿＿，甚至（於）會說＿＿＿＿＿＿。（1 俄語／ 2 拉丁文／ 3 中文／ 4 德語）

7. 小林很喜歡養小動物，他＿＿＿＿＿＿、＿＿＿＿＿＿、＿＿＿＿＿＿，甚至（於）＿＿＿＿＿＿。（1 養過魚／ 2 養過貓／ 3 養過蛇／ 4 養過狗）

U26-2　……一會兒……一會兒……

王玉華今天一會兒吃漢堡，
一會兒吃牛肉麵，覺得很滿足。

在短時間內做很多種事，
或是短時間內發生很多情
形。

練習 U26-2　把答案寫在句子裡，每個只能用一次

出大太陽	看電視	笑	掉錢包	下大雨
有地震	吃東西、睡覺	吃火雞	上網	拉肚子
喝啤酒	掉手機	有颱風	頭疼	哭

1. 今天的天氣很奇怪，一會兒＿＿＿＿＿＿，一會兒＿＿＿＿＿＿。

2. 錢明宜：李英愛今天為什麼沒來上課？
   謝心美：她昨天一會兒＿＿＿＿＿＿，一會兒＿＿＿＿＿＿，大概生病了。

3. 中山一成最近糊裡糊塗的，一會兒＿＿＿＿＿＿，一會兒＿＿＿＿＿＿。

4. 在聖誕晚會上，王家樂一會兒＿＿＿＿＿＿，一會兒＿＿＿＿＿＿，非常滿足。

5. 田中秋子看連續劇的時候，常常一會兒＿＿＿＿＿＿，一會兒＿＿＿＿＿＿，心情跟著
   劇情改變。

6. 家名這個週末一直在家，一會兒＿＿＿＿＿＿，一會兒＿＿＿＿＿＿，一會兒
   ＿＿＿＿＿＿，過得很輕鬆。

7. 臺灣一會兒＿＿＿＿＿＿，一會兒＿＿＿＿＿＿，所以方文英住不慣臺灣。

U26-3　　　……一會兒……一會兒……

王心怡不想跟林秋華出去了，林秋華先說要去貓空喝茶，又說要去平溪放天燈，真麻煩！　→　王心怡不想跟林秋華出去了，林秋華一會兒說要去貓空喝茶，一會兒又說要去平溪放天燈，真麻煩！

在短時間內，做或想做兩件不一樣的事，可是自己不能決定，或是聽的人可能覺得不耐煩。

練習　U26-3　用「……一會兒……一會兒……」改寫句子

1. 張文德上個禮拜想辭職，這個禮拜又想繼續做下去，工作的事讓他最近很煩惱。

_____。

2. 文心昨天想跟旅行團去旅行，今天想自助旅行，她希望家名給她一點意見。

_____。

3. 白凱文一個月以前說打算繼續學中文，現在說準備找工作，他大概還沒決定好吧。

_____。

4. 林學英上個月想跟女朋友說要分手，現在又說要在一起，所以他女朋友也不清楚林學英心裡想什麼。

_____。

5. 你剛剛說要去吃牛肉麵，現在又說要去吃小籠包，你到底想吃什麼？

_____。

跟男朋友分手以後，她一直很難過

……一直……

林秋華跟男朋友分手以後，一直很難過，朋友都勸她要想開一點。

練習 U27-1 **在適當的地方插入「一直」**

1. 方文英來臺北以後就住現在的地方，沒搬過家。

_____。

2. 王大同在公司升級以後很忙，連週末也常常加班。

_____。

3. 王偉華自從被警察開過罰單以後就小心開車，不敢再超速了。

_____。

4. 李英愛從中學開始就希望能來臺灣學中文，現在終於來臺灣了。

_____。

5. 王彩方最近頭暈，所以兒子陪他到醫院去檢查檢查。

_____。

6. 李天明來臺灣以後，不想嘗試吃臭豆腐。

_____。

7. 謝心美今天早上到了學校，就想把書還給李愛英，可是李英愛沒來。

_____。

U27-2 ⋯⋯一向⋯⋯

白凱文一向早上洗澡，可是田中秋子一向晚上洗頭、洗澡。

張小華感冒的時候，一向不喜歡吃藥。

練習 U27-2 在適當的地方插入「一向」

1. 王家樂都喝不加糖的咖啡。

_____。

2. 王心怡的身體很好，可是最近居然得了重感冒。

_____。

3. 林文娟早上起床以後，先到公園去運動，再回家吃早飯。

_____。

4. 小孩子喜歡看動畫電影。

_____。

5. 那個學生在上課的時候不愛參加同學的討論活動。

_____。

6. 陳美芳對電視連續劇沒什麼興趣。

_____。

7. 林學中有一個同事，他的個性很奇怪，所以沒什麼朋友。

_____。

8. 那兩家公司的關係不好，他們怎麼可能合作呢？

_____ 。

U27-3　　　……往往……

臺灣的夏天往往又濕又熱。　　外國人往往不能接受臭豆腐的味道。

練習　U27-3　**在適當的地方插入「往往」**

1. 喝了酒以後，一個人的反應　1　會變慢，所以　2　千萬不能開車。

_____ 。

2. 1　當得了中、小學老師的人　2　比別人更有耐心。

_____ 。

3. 很多感冒藥吃了以後 1　讓病人很想睡覺，目的　2　是希望病人多休息。

_____ 。

4. 先生　1　如果有外遇，太太　2　不是第一個知道的人。

_____ 。

5. 西方國家的學生學寫漢字　1　得花比日、韓學生更長的時間　2　才學得好。

_____ 。

6. 各國　1　有自己的傳統文化與習慣，外國人　2　很難一下子就了解。

_____ 。

練習 U27-4 **綜合練習（在適當的地方填入「一直、一向或往往」）**

李天明到了咖啡店，就＿＿＿＿＿＿坐在那兒。他＿＿＿＿＿＿喜歡坐靠窗的位子，

＿＿＿＿＿＿點了一杯咖啡以後，就打開書開始準備功課。但他也不是＿＿＿＿＿＿

看書，有時候看看窗戶外面的風景，有時聽聽隔壁客人說的中文，試試能聽懂多少，但

＿＿＿＿＿＿只聽得懂幾句話而已。老師跟他說過，聽力＿＿＿＿＿＿是外國學生學

習上最困難的部分，所以他＿＿＿＿＿＿覺得自己的中文聽力還需要多訓練才能進步

得快一點。

Note

除非你常用中文聊天，否則你的中文不會進步

U28-1 　（……）雖然……，不過／可是／但是 ……

白凱文很喜歡狗
他現在租的房子太小了，不適合養狗

➡ 白凱文雖然很喜歡狗，
可是他現在租的房子太小了，不適合養狗。

第一個句子用了「雖然」，
第二個句子一定要有「可是／
不過／但是」。
雖然可以在句子最前面，或是
在主詞後面。

練習 U28-1 　用「（……）雖然……，不過／可是／但是 ……」改寫句子

1.

情況1　李天明覺得學中文並不容易

情況2　他要繼續學下去

_____。

2. 上半年的政府調查報告說，

情況1　經濟不太景氣

情況2　失業率並不高

_____。

3. 國際問題專家說，

情況1 這兩個國家的關係有些緊張

情況2 這兩個國家不太可能發生戰爭

＿＿＿＿＿＿＿＿＿＿＿＿＿＿＿＿＿＿＿＿＿＿＿＿＿＿＿＿ 。

4. 中山一成租的房子，

情況1 附近的環境有點吵

情況2 離捷運站很近，交通很方便

＿＿＿＿＿＿＿＿＿＿＿＿＿＿＿＿＿＿＿＿＿＿＿＿＿＿＿＿ 。

5.

情況1 林學文有點感冒、不舒服

情況2 因為工作沒做完，所以還在公司加班。

＿＿＿＿＿＿＿＿＿＿＿＿＿＿＿＿＿＿＿＿＿＿＿＿＿＿＿＿ 。

6.

情況1 夜市的小吃非常好吃

情況2 顧客應該注意衛生問題

＿＿＿＿＿＿＿＿＿＿＿＿＿＿＿＿＿＿＿＿＿＿＿＿＿＿＿＿ 。

7.

情況1 小感冒不一定要看病、吃藥

情況2 還是應該多休息

＿＿＿＿＿＿＿＿＿＿＿＿＿＿＿＿＿＿＿＿＿＿＿＿＿＿＿＿ 。

8.

情況1　買東西時，使用塑膠袋是大家的習慣

情況2　塑膠袋容易汙染環境

_____　我們還是應該少用。

U28-2　除非……，要不然／否則……／
除非……，……才……

你不常用中文跟臺灣人聊天，你的中文很難進步。
你常常用中文跟臺灣人聊天，你的中文能進步。

➡ 錢明宜跟她的學生說：「除非你常常用中文跟臺
灣人聊天，要不然／否則 你的中文很難進步。」
錢明宜跟她的學生說：「除非你常常用中文跟臺
灣人聊天，你的中文才能進步。」

一般來說，說話的時候多用
「要不然」，「否則」比較正式。

練習 U28-2　用「除非……，要不然／否則……」和「除非……，……
才……」改寫句子

1.

張文德想跟林秋華借錢。

張文德下個星期不還錢　➡　林秋華不借

張文德下個星期還錢　　➡　林秋華借

林秋華跟張文德說：「除非_____，要不然_____。」

林秋華跟張文德說：「除非_____，我才_____。」

2.

林文德有抽菸的習慣，他的女朋友王美美希望他戒菸。

林文德不戒菸　➡ 王美美要跟他分手

林文德戒菸　　➡ 王美美繼續跟他交往下去

王美美跟林文德說：「除非_____，要不然 _____。」

王美美跟林文德說：「除非_____，我才_____。」

3.

李英愛要去移民署延長她簽證時間。

李英愛的簽證還沒到期　➡ 還不需要去移民署延長簽證

李英愛的簽證快到期了　➡ 需要去移民署延長簽證

田中秋子跟李英愛說：「除非_____，要不然_____。」

田中秋子跟李英愛說：「除非_____，妳才_____。」

4.

想租房子的人問房東有關付房租的事。

想租房子的人不先付三個月的房租　➡ 房子不能租給這個人

想租房子的人先付三個月的房租　　➡ 房東把房子租給這個人

房東跟想租房子的人說：「除非_____，要不然_____。」

房東跟想租房子的人說：「除非_____，我才_____。」

5.

上網訂那家綠島民宿的房間　　　　　　　➡ 房價打八折。

打電話或是到了綠島才訂那家民宿的房間　➡ 房價不打折。

除非_____，否則_____。

除非_____，房價才_____。

6.

大家都不注意環境衛生　➡ 傳染病很容易發生

大家都注意環境衛生　　➡ 傳染病不容易發生

除非_____，否則_____。

除非_____，傳染病才_____。

7.

企業家不願意跟勞工代表討論工資問題　➡ 工人還會繼續罷工
企業家願意跟勞工代表討論工資問題　➡ 工人可能停止罷工
除非＿＿＿＿＿＿＿＿＿＿＿＿＿＿，否則＿＿＿＿＿＿＿＿＿＿＿。
除非＿＿＿＿＿＿＿＿＿＿＿＿＿＿，工人才＿＿＿＿＿＿＿＿＿。

8.

那位候選人不能提出有效降低犯罪率的政策　➡ 選民不可能支持他
那位候選人能提出有效降低犯罪率的政策　➡ 選民可能支持他
除非＿＿＿＿＿＿＿＿＿＿＿＿＿＿，否則＿＿＿＿＿＿＿＿＿＿＿。
除非＿＿＿＿＿＿＿＿＿＿＿＿＿＿，選民才＿＿＿＿＿＿＿＿＿。

Note

Unit 29 我寧可不睡覺，也要看完這本小說

寧可……也……

我寧可排一個小時的隊，也要買到演唱會的票。

「寧可」或「寧願」都可以，意思一樣。

練習 U29-1 從 A、B 選一個適合的填入空格

	A	B
1. 很多年輕人寧可晚上 ＿A-＿ ，也一定要 ＿B-＿ 。	A-1 提高生產成本	B-1 買比較貴的有機食品
2. 很多人為了跟家人吃年夜飯，他們寧可 ＿A-＿ ，也要 ＿B-＿ 。	A-2 在學校留到晚一點	B-2 做出最好的產品來
3. 錢明宜老師寧可 ＿A-＿ ，也要 ＿B-＿ 。	A-3 用貴一點的食材	B-3 把第二天上課的材料都先準備好
4. 為了吃得健康，很多人寧可 ＿A-＿ ，也要 ＿B-＿ 。	A-4 不睡覺	B-4 做出讓客人滿意的菜
5. 那家生產日用品的公司老闆認為寧可 ＿A-＿ ，也要 ＿B-＿ 。	A-5 忍受塞車的痛苦	B-5 玩線上遊戲
6. 那家餐廳的老闆寧可 ＿A-＿ ，也要 ＿B-＿ 。	A-6 多花一點錢	B-6 在除夕夜前開車趕回家

U29-2　　　　寧可……也不……

王家樂一點也不適應臺灣的環境，
所以他寧可回國，也不想在臺灣找工作。

練習　U29-2　　從 A、B 選一個適合的填入空格

	A	B
1. 為了安全，開車的時候，寧可 __A-__ ，也不應該 __B-__ 。	A-1 吃泡麵	B-1 用電子郵件寄聖誕卡
2. 張文德寧可 __A-__ ，也不要 __B-__ 。	A-2 自己死	B-2 坐擠得不得了的捷運
3. 李天明不想把太多時間花在上下班的交通時間上，所以他寧可 __A-__ ，也不想 __B-__ 。	A-3 開慢一點	B-3 殺死自己最愛的王子
4. 學校餐廳的菜不合我的口味，我寧可 __A-__ ，也不要 __B-__ 。	A-4 搭公車上班	B-4 住在沒捷運的郊區
5. 你聽過《小美人魚》的故事吧？她寧可 __A-__ ，也不願意 __B-__ 。	A-5 慢慢花時間寫聖誕卡	B-5 去學校餐廳吃飯
6. 快過聖誕節了，但是林學文是一個想法傳統的人，他寧可 __A-__ ，也不想 __B-__ 。	A-6 多付一點房租，租離辦公室近的市區房子	B-6 超速、闖紅燈

U29-3　寧可不／沒⋯⋯也⋯⋯

這本小說太有意思了，我寧可不睡覺，也一定要一口氣把它看完。

練習 U29-3　從 A、B 選一個適合的填入空格

	A	B
1. 那個酒鬼寧可 __A-__ ，也一定要 __B-__ 。	A-1 沒工作	B-1 參加職業球隊
2. 很多年輕人喜歡名牌的東西，所以有些人寧可 __A-__ ，也要 __B-__ 。	A-2 不念研究所	B-2 跟父母幫她安排的對象結婚
3. 張文德工作的公司有管理方面的問題，他跟朋友說：「我寧可 __A-__ ，也要 __B-__ 。」	A-3 不結婚	B-3 讓自己變胖
4. 林文德太喜歡吃芒果冰了，所以他說他寧可 __A-__ ，也要 __B-__ 。	A-4 不出門	B-4 花錢買名牌皮包
5. 那個學生學習成績不錯，但是更愛棒球運動，所以他寧可 __A-__ ，也要 __B-__ 。	A-5 省下生活費	B-5 有酒喝
6. 中山一成是個足球迷，他寧可半夜 __A-__ ，也要 __B-__ 。	A-6 不吃冰淇淋、巧克力	B-6 跟林文德出去看電影
7. 愛美怕胖的人寧可放棄美食 __A-__ ，也不願 __B-__ 。	A-7 不吃晚飯	B-7 看電視的足球賽轉播

（接下頁）

		A	B
8.	王玉華不喜歡林文德，所以她說她週末寧可 <u>A-　</u> ，也不要 <u>B-　</u> 。	A-8 沒飯吃	B-8 告訴老闆公司的問題在哪裡
9.	王美美的父母非常傳統、保守，但是她寧可 <u>A-　</u> ，也不要 <u>B-　</u> 。	A-9 不睡覺	B-9 直接到去夜市吃芒果冰

U29-4　　　與其……不如……

在臺灣找工作　　　　　回法國工作

臺灣現在的經濟不太好，所以王家成
覺得與其在臺灣找工作，不如回法國工作。

Note

練習 U29-4 從 A、B 選一個適合的填入空格

	A	B
1. 冬天去加拿大旅遊太冷了， 與其 ＿A-＿ ，不如 ＿B-＿ 。	A-1 搭計程車去	B-1 到勞工工資低的國家生產
2. 牛肉麵店前面排了那麼長的隊，田中秋子跟朋友說：與其 ＿A-＿ ，不如 ＿B-＿ 。	A-2 在臺灣生產	B-2 到臺灣來上一年的中文課
3. 王心怡跟男朋友常常吵架，她覺得與其 ＿A-＿ ，不如 ＿B-＿ 。	A-3 吃牛肉麵	B-3 到郊區租一個大而且比較便宜的房子
4. 路上塞車了，方文英跟同學說，與其 ＿A-＿ ，不如 ＿B-＿ 。	A-4 在市區租一個又小又貴的套房	B-4 分手算了
5. 李英愛勸她的韓國朋友：你與其 ＿A-＿ ，不如 ＿B-＿ 。	A-5 冬天去	B-5 搭捷運去
6. 在臺灣製造電腦的成本太高，與其 ＿A-＿ ，不如 ＿B-＿ 。	A-6 繼續交往	B-6 去吃火鍋
7. 王美美覺得在市區租房子太貴了，與其 ＿A-＿ ，不如 ＿B-＿ 。	A-7 在韓國花兩年時間學中文	B-7 夏天去

Note

連洗頭帶洗澡，十五分鐘就夠了

U30-1　　連 V₁ 帶 V₂

王心怡在路上被搶了，
她連喊帶叫，希望路人幫她的忙。

練習　U30-1　　把答案寫在句子裡，每個只能用一次

跑	唱	洗	畫	罵
說	哭	寫	剪	跳

1. 錢明宜在教室裡，連_____帶_____跟學生解釋那個詞的意思。

2. 王太太發現先生有外遇，所以連_____帶_____，叫先生滾出去！

3. 林學英在公司的生日晚會上，連_____帶_____地表演了一段相聲。

4. 王文華這次考試考得很好，所以連_____帶_____地跑回家，告訴媽媽這件事。

5. 經濟不景氣，這家理髮店連_____帶_____只要一百元。

U30-2　連 VP₁ 帶 VP₂

15分鐘

王家成早上起床後，洗頭、洗澡，
十五分鐘就夠了。

→ 王家成早上起床後，連洗頭帶洗澡，
十五分鐘就夠了。

練習　U30-2　「連 VP₁ 帶 VP₂」改寫句子

1. 方文英準備聖誕晚會，買烤火雞、買啤酒，一共花了一萬塊。

_____。

2. 王偉華上週末跟朋友聚餐，吃飯還有去 KTV 唱歌，花了八千多塊。

_____。

3. 語言中心繳學費的規定改善了不少，先填申請表，再繳學費，二十分鐘就辦好了。

_____

_____。

4. 陳美芳是職業婦女，做事很有效率，下班回家做飯，炒菜和做湯，加起來半個小時
就做好了。

_____

_____。

U30-3　連 N₁ 帶 N₂

中山一成要回國了，他在學校貼了一張廣告，上面寫著：
連腳踏車帶冰箱，賣五千塊錢。

練習 U30-3　用「連 N₁ 帶 N₂」改寫句子

1. 林心怡坐公車時，錢包和手機都被偷了。

_____。

2. 這個去加拿大的旅行團，大人跟小孩一共有三十人。

_____。

3. 李英愛要回國了，她打算把電腦跟課本都先寄回韓國。

_____。

4. 番茄炒蛋有很多做法，最容易的就是番茄和蛋一起炒。

_____。

_____

_____

U30-4　　　連 A 帶 B（四字格，固定用法）

白凱文：芭樂可以連皮帶子一起吃嗎？

錢明宜：最好不要連皮帶子一起吃，芭樂子吃了對身體不太好喔。

> 這些「連 A 帶 B」是習慣用法，不可以隨便改。

練習　U30-4　把答案寫在句子裡，每個只能用一次

| 連本帶利 | 連哄帶騙 | 連工帶料 |
| 連名帶姓 | 連皮帶骨 | 連人帶車 | 連滾帶爬 |

1. 李大明請工人到家裡修理窗戶，工人修好了以後說，＿＿＿＿＿＿一共八百塊。

2. 對地位比自己高的人或是長輩，不可以＿＿＿＿＿＿叫他，這樣很沒規矩。

3. 林學文的朋友跟他借錢，朋友說，一個月以後＿＿＿＿＿＿還他。

4. 小陳喝了酒開車，一不小心，＿＿＿＿＿＿都掉進河裡去了。

5. 這道紅燒豬腳燒得很爛，＿＿＿＿＿＿都可以吃。

6. 中國功夫電影裡，常常有男主角把壞人打得＿＿＿＿＿＿地逃走的劇情。

7. 有一個小姐想不開，要跳樓自殺，警察花了很多時間，才＿＿＿＿＿＿地把她勸下樓來。

冰到了攝氏零度以上會
融化

> **U31-1**　　（在）……以上／（在）……以下

冰塊到了攝氏零度以上會融化。　　　水在攝氏零度以下會結冰。

> **練習　U31-1**　用「（在）……以上」或「（在）……以下」」改寫句子

1. 臺灣夏天的氣溫常常出現比三十五度高的高溫。

_____。

2. 來看今天演唱會的觀眾超過五千人。

_____。

3. 在高速公路上開車超速，罰款最低是三千塊錢。

_____。

4. 老師告訴外國學生，你每個月的成績都得比八十分高才能申請獎學金。

_____。

5. 一個外國人如果認識兩千多個中國字，那麼他的中文程度應該相當不錯了。

_____。

6. 按照臺北公車公司規定，超過六十五歲的人坐公車，可以用「老人優待票」。

_____ 。

7. 臺北市冬天的氣溫很少比十度低。

_____ 。

8. 按照學校規定，選課的學生不到十五個，就不開這門課。

_____ 。

9. 王美美每個月的生活費都不到三萬塊。

_____ 。

10. 中山一成才學了兩個月的中文，他認識的漢字大概還不到五百個。

_____ 。

11. 這個國家的失業率不到百分之四，經濟情況相當不錯。

_____ 。

12. 錢老師告訴白凱文，他上個月的成績退步了，不到八十分，所以這個月拿不到獎學金。

_____ 。

U31-2　　　（在）……以內／……以外

按照警察的規定，記者要拍照時，
不可以進到這條線以內的地方，
必須在這條線以外的地方。

練習 U31-2 用「（在）……以內」或「（在）……以外」改寫句子

1. 王定一跟朋友去那家餐廳聚餐，花的錢只有三千九百多塊，不到四千塊錢。

_____ 。

2. 老闆跟林學友說，這次出差的費用最好控制在不到一萬塊的範圍。

_____ 。

3. 錢老師說，今天的考試不難，不到一個小時，大家就可以考完了。

_____ 。

4. 那家 pizza 店的〈外送服務單〉上寫：只送臺北市市區，新北市和其他地方不送 。

_____ 。

5. 這座山很容易爬，只要不到兩個鐘頭，就能爬到山頂。

_____ 。

U31-3　……以東／南／西／北

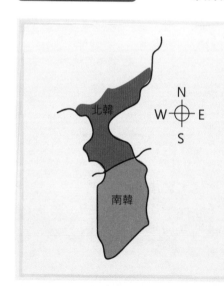

朝鮮半島在三十八度線以北是北韓，
在三十八度線以南是南韓。

練習 U31-3 用「……以東／南／西／北」改寫句子

1. 這條路在中山路東邊的叫「三民東路」，在中山路西邊的叫「三民西路」。

_____。

2. 臺灣在北回歸線北邊的地方是亞熱帶氣候，在北回歸線南邊的地方是熱帶氣候。

_____。

3. 臺灣的中間有很多山，山東邊的平原比較小，山西邊的平原比較大。

_____。

4. 那個溫泉大概在火車站東邊一公里的地方。

_____。

5. 那個國家有一座大山，山西邊的地方都是沙漠，住的人很少。

_____。

6. 有一個颱風會經過臺灣北部的海上，所以比臺中北邊的地方都會受颱風影響。

_____。

Note

Unit 32 謝心美把生詞寫了三遍才睡覺

U32-1　S 把 O VP

明天要考試，

謝心美寫了三遍第十課的生詞才睡覺。
➡ 謝心美把第十課的生詞寫了三遍才睡覺。

> VP（動詞詞組）裡面有動詞的量詞或頻率和時間量詞

練習 U32-1　用「S 把 O VP」改寫句子

1. 去飛機場以前，張文德檢查護照、信用卡、手機這些東西，檢查了兩遍才出門。

   去飛機場以前，＿＿＿＿＿＿＿＿＿＿＿＿＿＿＿＿＿＿＿＿＿＿＿＿＿＿。

2. 中山一成跟餐廳服務生說：「對不起，我沒聽清楚，請你再說一次「今日特餐」的內容。」

   中山一成跟餐廳服務生說：「對不起，我沒聽清楚，＿＿＿＿＿＿＿＿＿＿＿

   ＿＿＿＿＿＿＿＿＿＿＿＿＿＿＿＿＿＿＿＿＿＿＿＿＿＿＿。」

3. 林學友看那張抽象畫，第一眼沒看出來畫的是什麼，他又看了那張畫五分鐘才看出來。

　　林學友看那張抽象畫，第一眼沒看出來畫的是什麼，_____。

4. 老闆要王偉華寫一份計畫書，這份計畫書，王偉華拖了兩天才交給老闆。

　　老闆要王偉華寫一份計畫書，_____。

5. 李天明上飛機以前，他的背包裡裡外外，海關人員檢查了十分鐘才讓他走。

　　李天明上飛機以前，_____。

　　…… V／Vs ，……把…… V／Vs 得……

　　王家樂昨天參加馬拉松比賽，今天腿很疼，王家樂走不了路。
➡ 王家樂昨天參加馬拉松比賽，今天腿很疼，把王家樂疼得走不了路。

練習 U32-2 用「……V／VS，……把……V／VS 得……」改寫句子

1. 謝心美跟朋友從臺北騎腳踏車到淡水，騎得累死了。

謝心美跟朋友從臺北騎腳踏車到淡水，＿＿＿＿＿＿＿＿＿＿＿＿＿＿＿＿＿＿。

2. 張文德利用週六下午洗車，天氣很熱，所以洗得滿身大汗。

張文德利用週六下午洗車，天氣很熱，所以 ＿＿＿＿＿＿＿＿＿＿＿＿＿＿＿＿。

3. 家名跟朋友在夜店喝了一種很強的酒，他醉得第二天頭疼得不得了。

家名跟朋友在夜店喝了一種很強的酒，這種酒 ＿＿＿＿＿＿＿＿＿＿＿＿＿＿＿。

4. 王美美租的房子附近很吵，噪音常常吵得她看不下書。

王美美租的房子附近很吵，噪音常常 ＿＿＿＿＿＿＿＿＿＿＿＿＿＿＿＿＿。

5. 林秋華吃麻辣臭豆腐，她沒想到這麼辣，她一連喝了三杯冰水。

林秋華吃麻辣臭豆腐，她沒想到這麼辣，＿＿＿＿＿＿＿＿＿＿＿＿＿＿＿＿。

6. 林芳芳下午去看了一部悲劇電影，電影內容讓她難過得吃不下晚飯。

林芳芳下午去看了一部悲劇電影，電影內容＿＿＿＿＿＿＿＿＿＿＿＿＿＿＿＿。

7. 家名把文心的手機弄壞了，這件事讓文心氣得一個星期不跟家名說話。

家名把文心的手機弄壞了，這件事＿＿＿＿＿＿＿＿＿＿＿＿＿＿＿＿＿＿。

Note

U32-3　　　S 把 N V Nu M

王彩方覺得天氣越來越熱，所以她脫了一件身上的衣服。
➡ 王彩方覺得天氣越來越熱，所以她把身上的衣服脫了一件。

Nu＋M 是 N 的一部分

練習 U32-3　　**重組**

1. pizza店的店員　　切成　　把　　王文華　　十塊　　他買的大pizza　　請。
　　　1　　　　　　2　　　3　　　4　　　5　　　6　　　　7

_____ 。

2. 王家樂最近加強練習馬拉松比賽，　　跑　　把　　他　　壞　　運動鞋　　兩雙　　了。
　　　　　　　　　　　　　　　　　　　1　　2　　3　　4　　5　　　6　　　7

　王家樂最近加強練習馬拉松比賽，_____ 。

3. 田中秋子怕行李超重，所以　來　拿出　箱子裡的書　十本　把　她，準備先寄回國。
　　　　　　　　　　　　　　　1　　2　　　3　　　　4　　5　　6

　田中秋子怕行李超重，所以 _____ ，準備先寄回國。

4. 翻了幾頁　了　就　白凱文　放下來　把　那本中文書　，因為內容太難了，他看不懂。
　　1　　　2　　3　　4　　　5　　　6　　　7

　_____ ，因為內容太難了，他看不懂。

5. 李天明餓極了，只剩兩個　一籠小籠包　他　了　把　吃得　一口氣　。
　　　　　　　　　1　　　　　　2　　　　3　　4　5　　6　　　7

　　李天明餓極了，_____。

6. 由於戰爭結束了，美國政府決定　那個國家的軍人　減少到　三千人　把　兩萬五千人
　　　　　　　　　　　　　　1　　　　　　2　　　　　3　　　4　　5　　　6

　　從　派在。
　　7　　8

　　由於戰爭結束了，_____。

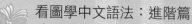

U32-4　　S 把 N V 成……

　　方文英在臺灣住了八年了，她說：臺灣就像我自己的家鄉。
➡　方文英在臺灣住了八年了，她說她已經把臺灣當成自己的家鄉了。

> 「V 成」的後面是動作的結果

練習 U32-4 用「Ｓ把ＮＶ成……」改寫句子

1. 林學文有一條長褲的褲腳破了，於是那條褲子，他決定改成短褲。

　林學文有一條長褲的褲腳破了，於是他決定 _____ 。

2. 錢明宜這個學期的班上有一對雙胞胎兄弟，弟弟，她常常當成哥哥。

　錢明宜這個學期的班上有一對雙胞胎兄弟，她 _____ 。

3. 林文德去中東國家旅遊的經過，他寫成一篇報告，在上課的時候說給大家聽。

　林文德 _____ ，在上課的時候說給大家聽。

4. 剛開始學中文的學生，常常：「直」看成「真」，也可能：「真」說成「直」。

　剛開始學中文的學生，常常 _____ 。

5. 有一位藝術家回收塑膠瓶，他用這些回收的塑膠瓶做成了一件藝術品。

　有一位藝術家回收塑膠瓶，他 _____ 。

Note

看圖學中文語法：進階篇
The Ultimate Illustrated Chinese Grammar Guide : Advanced Level

第1單元練習　參考答案

練習 U1-1

1. 這碗牛肉麵聞起來很香，吃起來很辣。
2. 很多漢字看起來很複雜，寫起來也不容易。
3. 騎摩托車看起來不難，騎起來也還算容易。
4. 這份工作聽起來不難做，可是做起來卻不簡單。
5. 王秋華覺得這首歌聽起來相當好聽，唱起來也很容易。
6. 這件毛衣外套摸起來很舒服，穿起來也很合身。

練習 U1-2

1. 陳美芳正在看一本書，她忽然笑起來了。
2. 田中秋子一聽見那首音樂，就跳起舞來了。
3. 有一個人在捷運上忽然難過得大聲哭起來了，在他附近的人都覺得很奇怪。
4. 李天明約朋友們聚餐，他遲到了半個鐘頭。到的時候，朋友們已經吃起來了。
5. 李英愛告訴中山一成，臺灣從五月開始，天氣會慢慢熱起來。
6. 王文華得了重感冒，他女朋友希望他快一點好起來。
7. 謝心美來臺灣三個月了，她覺得自己胖起來了。
8. 王家樂走進教室坐下，就滑起手機來了。

練習 U1-3

1. 王偉華吃的這碗牛肉麵很辣，吃著吃著就流汗了。
2. 王秋華唱這首歌，唱著唱著就笑起來了，因為覺得自己唱得實在難聽。
3. 王家樂練習寫漢字，寫著寫著就睡著了。
4. 李英愛昨天騎摩托車，騎著騎著就摔倒了。
5. 林學友看電視，看著看著就哭起來了。
6. 方文英穿上那件毛衣外套，走著走著就覺得熱起來了。

第2單元練習　參考答案

練習 U2-1

1. 張明真：排隊等著吃小籠包的人太多了，我們還是去吃牛肉麵吧。
2. 陳美芳：現在搭捷運太擠了，我們還是搭計程車去吧。
3. 田中秋子：臺灣很有意思，臺灣人也很客氣，你還是來臺灣學中文吧。
4. 方文英：看妳感冒這麼嚴重，妳還是到醫院去看看病吧。

練習 U2-2

1. 張文心跟林美美說：「這家店的衣服這麼貴，妳還是 <u>別／不要 買（了）</u>吧。」
2. 李天明跟方文英說：「那家夜店有很多人吸毒，我們還是 <u>別／不要 去（了）</u>吧。」
3. 張明真跟林文德說：「聽說下午天氣會變冷，你還是 <u>別／不要 去爬山（了）</u>吧。」
4. 文心跟家名說：「這家小吃店的東西看起來太油膩了，我們還是 <u>別／不要 吃（了）</u>吧。」
5. 錢明宜跟李大明說：「送這個東西給他，他也不喜歡，<u>還是 別／不要 送（了）</u>吧。」
6. 王大同跟陳美芳說：「妳勸王文華不要抽菸，勸了半天也沒用，<u>還是 別／不要 說（了）</u>吧。」
7. 陳先生跟陳太太說：「『外遇』這種事讓他自己發現吧，妳還是 <u>別／不要 告訴他（了）</u>吧。」

練習 U2-3

1. 醫生告訴林心怡，吃完晚飯先吃一包藥，等睡覺以前要再吃一包藥。
2. 王美美告訴男朋友，她先自己去逛百貨公司，等他加完班以後再一起去看晚場電影。
3. 中山一成跟朋友說，他這個週末搬家，他要先整理整理屋子，等整理好了再請大家去新家吃火鍋。
4. 很多台灣年輕人習慣大學畢業後先跟父母一起住，等結了婚，再搬出去住。
5. 因為中山一成和白凱文還沒來，李英愛跟謝心美決定先吃晚飯，等他們來了以後，再開始打麻將。
6. 謝心美計畫先在臺灣念研究所，等研究所畢業以後，再回泰國找工作。

第3單元練習　參考答案

練習 U3-1

1. 才——再——就	2. 就——再——才	3. 就——才——再
4. 才——就	5. 再——就——才	6. 就——才／再——才——才
7. 才——就——才／再	8. 就——才——再	9. 就——才——再
10. 再——就——才	11. 就——才——再	12. 就——才——再

第4單元練習　參考答案

1. 每個人在自己的工作中，只要<u>努力</u>，就<u>一定有加薪的機會</u>。
2. 醫生常建議大家，只要<u>養成每天運動的好習慣</u>，就<u>不容易生病</u>。
3. 鼻子容易過敏的人，只要<u>天氣有一點變化</u>，就<u>可能一直打噴嚏</u>。
4. 錢明宜告訴學生，只要<u>多開口說話</u>，<u>自己的中文就會進步</u>。
5. 醫生對林學友說，只要<u>每天好好吃藥</u>，<u>他的流行性感冒很快就會好了</u>。
6. 經濟已經全球化了，只要<u>一個國家的經濟發生問題</u>，<u>別的國家就會受到影響</u>。

練習 U4-2

1. 臺灣在西太平洋地區，一般來說，只有<u>夏天和秋天</u>，才有颱風。
2. 按照學校的規定，只有<u>成績在八十分以上的學生</u>，才能申請獎學金。
3. 注重環保的人認為，只有<u>做好垃圾分類的工作</u>，才可以減少汙染。
4. 經濟學專家建議政府，只有<u>減少投資限制</u>，才有助於經濟自由化。
5. 政府領導人說，只有<u>不斷地改革</u>，社會才可能進步。
6. 政治學教授說，只有<u>這些國家的領導人坐下來好好談和平問題</u>，<u>這個地區才可能安定下來</u>。

第5單元練習　參考答案

1. 白居易的詩從古到今一直很受歡迎。這是因為他的詩用詞較淺，內容也容易讓人了解。
2. 很多年輕人都想買最新的電子產品。這是因為要是沒有，就表示自己落伍了。
3. 很多國家都想控制那座小島。這是因為那座小島附近的海底可能有豐富的石油。
4. 這次颱風造成嚴重水災，可是這個地區並沒淹水。這是因為這個地方的排水系統相當完善。
5. 越來越多男女朋友只想同居而不打算結婚。這是因為結婚以後有養家的責任和生孩子的壓力。
6. 在不少企業中，女性與男性工作地位相同，但女性的薪水卻比男性少。這是因為社會上還普遍存在著重男輕女的觀念。

練習 U5-2

1. 這家工廠的工人罷工，是 因為 / 由於 老闆發不出工資。
2. 機場海關檢查旅客行李的標準越來越嚴格，是 因為 / 由於 政府擔心發生恐怖攻擊。
3. 中山一成計畫找房子搬家，是 因為 / 由於 現在住的房子的租約到期了。
4. 謝美心打算提前回國，是 因為 / 由於 她找到了一份好工作。
5. 李天明來臺灣學習中文，是 因為 / 由於 他想學傳統漢字。

練習 U5-3

1. 臺灣人之所以喜歡逛夜市，是 因為 / 由於 夜市裡賣各種各樣的小吃。
2. 王家樂之所以來臺灣學中文，是 因為 / 由於 他想回國以後找一份比較好的工作。
3. 這個國家之所以發生內戰，是 因為 / 由於 這個國家有嚴重的宗教問題。
4. 失業率之所以越來越高，是 因為 / 由於 國家的經濟不景氣。
5. 這條路今天之所以塞車，是 因為 / 由於 路上有人抗議遊行。
6. 石油的價格之所以不斷上漲，是 因為 / 由於 產油國控制石油產量。
7. 中國人口之所以男的比女的多，是 因為 / 由於 中國人還有重男輕女的觀念。

練習 U5-4

1. 由於溫室效應情況越來越嚴重，因此各國政府一起宣布新的環保政策。
2. 由於人口眾多，因此這個國家一直有糧食不足的問題。
3. 由於李天明得了流行性感冒，因此他決定請一天病假在家裡休息。
4. 由於白凱文有一個星期的假期，因此他決定出國旅行。
5. 由於電子科技發展越來越進步，因此手機的功能也更複雜了。
6. 由於醫學界發展出新的藥物，因此那種病的治療方式出現了新希望。
7. 由於這兩個國家的關係越來越糟糕，因此發生戰爭的可能性也越來越高。

第6單元練習　參考答案

練習 U6-1

1. 馬來西亞<u>或者</u>印尼都是東南亞的回教國家。
2. 這種魚的做法有很多種，煎<u>或者</u>蒸都很好吃。
3. 政府說，十五年<u>或者</u>二十年以後，臺灣會變成一個高齡化社會。
4. 李英愛打算學好中文以後，在臺灣<u>或者</u>中國找工作。
5. 在臺灣，繳稅相當方便，在銀行<u>或者</u>便利商店都可以繳。
6. 智慧型手機<u>或者</u>平板電腦已經成為現代人隨身的電子產品了。
7. 臺灣的小吃裡，臭豆腐<u>或者</u>豬血糕都是外國人不太喜歡的。
8. 林秋華跟朋友這個週末沒事，她們想去看電影<u>或者</u>去KTV唱歌，不過還沒決定。

練習 U6-2

1. 廣東話、臺灣話<u>或者</u>上海話，都是漢語的方言。
2. 蟑螂、老鼠<u>或者</u>蜘蛛，這三樣都是王秋華討厭的。
3. 如果想在臺灣潛水，<u>墾丁、綠島或者蘭嶼</u>都是不錯的地方。
4. 北京、上海<u>或者</u>深圳，都是中國人口超過一千萬的大城市。
5. 印尼、哥倫比亞<u>或者</u>瓜地馬拉出產的咖啡，品質都非常好。
6. 茶、咖啡、可樂<u>或者</u>啤酒，都算是刺激性飲料。

練習 U6-3

1. 從臺灣到德國，搭直飛的飛機，<u>或者</u>先搭到香港再轉機都可以。
2. 王家樂跟他的法國朋友說：「如果你想學中文，你可以到中國去學，<u>或者</u>你也可以來臺灣學。」
3. 我們的想法可以用語言直接表示出來，<u>或者</u>把想法用文字寫下來也是一種溝通的方式。
4. 大學畢業以後，你可以選擇直接考研究所，<u>或者</u>先工作兩年，等有了一些工作經驗以後，再考研究所。

第7單元練習　參考答案

 練習 U7-1

1. 日、韓和西方國家的人覺得，臺灣的生活費比較低。
2. 上次去吃的那家餐廳沒這麼辣，這家的麻辣火鍋比較辣。
3. 林芳芳以前的男朋友常跟她吵架，現在的男朋友比較溫柔。
4. 臺灣今年的夏天比較熱，因為我們家四月就開冷氣了。
5. 謝心美現在住的地方比較舒服，她去年租的房子又小又貴。
6. 田中秋子認為這家店的芒果冰比較好吃，上星期去士林夜市吃的材料太少了。

練習 U7-2

1. 為了得到水果的營養，醫生認為喝果汁 比不上／不如 吃新鮮水果。
2. 談到帶來帶去的方便性，大家都認為筆記型電腦 比不上／不如 平板電腦。
3. 對身體健康的好處，有人認為常吃肉 比不上／不如 多吃青菜。
4. 朋友們都覺得，王家名現在的女朋友 比不上／不如 他以前的女朋友。
5. 經濟學教授談到景氣情況時認為，臺灣最近的經濟發展 比不上／不如 其他亞洲國家。

練習 U7-3

1. 泰國學生謝心美覺得自己的中文比不上田中秋子的流利。
2. 教育專家們認為，鄉下的教育資源比不上大城市的豐富。
3. 去過臺灣別的城市的外國人都認為，這些城市的公車都比不上臺北的方便。
4. 張明真剛買了新手機，可是她說，這一支新手機的螢幕比不上上一支手機的清楚。

第8單元練習　參考答案

練習 U8-1

1.	跑來跑去	2.	走來走去	3.	翻來翻去
4.	聞來聞去	5.	畫來畫去	6.	看來看去

練習 U8-2

1.	用來用去	2.	逛來逛去	3.	談來談去
4.	查來查去	5.	吃來吃去	6.	聞來聞去
7.	試來試去	8.	找來找去	9.	選來選去
10.	想來想去				

練習 U8-3

1.	住下去	2.	學下去	3.	看下去
4.	研究下去	5.	持續下去	6.	堅持下去

第9單元練習　參考答案

練習 U9-1

1. 中山一成租的房子不但大，而且便宜。
2. 參加旅行團旅行不但省錢，而且省事。
3. 李文心的男朋友不但帥，而且很愛她。
4. 「爨」(cuàn) 這個中國字不但複雜，而且相當難寫。
5. 謝心美說的中文不但標準，而且沒什麼口音。
6. 抽菸不但浪費錢，而且對身體的傷害很大。
7. 多做休閒活動，不但對身體好，而且可以減輕工作或學習壓力。
8. 林心怡參加馬拉松比賽，不但跑完了，而且還得到了女生組的第三名。

練習 U9-2

1. 昨天的地震，不但時間長，而且房子搖得很屬害。
2. 來臺灣學中文，不但環境安全，而且生活費不高。
3. 臺灣夜市的小吃，不但種類豐富，而且價錢都不貴。
4. 在夜市附近租房子，不但房租貴，而且環境品質也不怎麼理想。
5. 田中秋子的工作，不但工作壓力相當大，而且她得常常加班。
6. 上個星期的颱風，不但造成市區嚴重的水災，而且強風也吹倒了五百多棵大樹。

練習 U9-3

1. 中國的歷史既長，又複雜，所以外國人常認為不容易了解。
2. 從臺北開車去花蓮，既費油，又浪費時間，我們還是坐火車去吧。
3. 我不去那家餐廳吃飯，因為他們的菜既貴，又不合我的口味。
4. 我昨天看的那部電影既精彩，又有讓人滿意的結局。

練習 U9-4

1. 臺北市公車，路線既多，價錢又不貴，所以坐公車的人還是很多。
2. 那家航空公司的班機，餐點既難吃，服務態度又差，難怪大家都不喜歡搭他們的班機。
3. 外國學生打工教語言，鐘點費既高，打工時間又自由，所以很多人找這類工作。
4. 這個演員最近紅得很，因為他的戲演得既好，人長得又帥／人又長得帥，所以他很受人歡迎。

第10單元練習　參考答案

練習 U10-1

1. 中國字相當多，連中文老師都／也不可能認識所有的中國字。
2. 京劇的唱法很複雜，連中國人也／都不一定聽得懂京劇。
3. 錢明宜今天上課很累，晚上連電視都／也不想看。
4. 林秋華今天很忙，連休息也／都沒時間。
5. 連外國人都／也覺得臺灣的夜市很有意思。
6. 連外國觀光客也／都想看看一○一大樓。
7. 張先生很節省，連洗車都／也自己來。
8. 臺灣的便利商店很多，連阿里山上也／都有。

練習 U10-2

1. <u>就算是中國人，也</u>不可能都愛吃臭豆腐。
2. 在臺灣，<u>就算是秋天，也／都</u>可能有颱風。
3. <u>就算是冬天，王偉華都／也</u>洗涼水澡。
4. <u>就算是春節假期，臺灣的便利商店都／也</u>營業。
5. <u>就算是最冷的冬天，臺北市都／也</u>不可能下雪。
6. <u>就算是天天吃維他命C，你都／也</u>應該多吃青菜和水果。
7. <u>就算是李大明跟我道歉，我也／都</u>不原諒他。
8. <u>就算是秋子沒提醒我，我也／都</u>會送她生日禮物。

練習 U10-3

1. <u>工作再累，林文德都／也</u>會找時間運動。
2. <u>有些臺灣小吃再好吃，李天明都／也</u>不願意嘗試。
3. <u>成績再好的學生，下課以後都／也</u>要複習功課。
4. <u>經驗再豐富的中文老師都／也</u>不可能認識全部的漢字。
5. <u>林學文再怎麼解釋，林太太都／也</u>覺得他有外遇。
6. <u>中山一成再怎麼跟王家樂說明，王家樂都／也</u>不相信他。

第11單元練習　參考答案

練習 U11-1

1. 林文德這星期工作很忙，天天加班，<u>他沒有一天在家吃晚飯</u>。
2. 錢明宜這個學期的學生都很認真，<u>（每天都）沒有一個學生上課遲到</u>。
3. 受了氣候改變的影響，最近五年的冬天，玉山<u>沒有一年下雪</u>。
4. 老闆女兒的婚禮，王偉華跟他的同事<u>沒有一個人去</u>。
5. 方文英剛剛開始學中文，這幾份中文報紙，<u>她沒有一份看得懂</u>。
6. 王文華爸爸、媽媽跟哥哥都上班去了，他也去上課了，所以<u>沒有一個人在家</u>。

練習 U11-2

1. 這個禮拜，<u>沒有一天下午不／沒下雨</u>。
2. 我認為，在臺灣，<u>沒有一個人不用手機</u>。
3. 王民樂跟女朋友分手以後，<u>他沒有一天不想她</u>。
4. 李天明上中文課的同學，<u>沒有一個不用平板電腦上課</u>，李天明也剛買了一個。
5. 今年臺灣的天氣很特別，從五月到十月，<u>沒有一個月沒颱風</u>。
6. 林秋華很喜歡那位作家的小說，他的小說，<u>林秋華沒有一本沒看過／沒有一本林秋華沒看過</u>。　　　　或
7. 那家冰店的芒果冰很有名，家名跟他的朋友，<u>沒有一個沒去吃過</u>。
8. 機場海關很嚴格，旅客的行李，<u>他們沒有一件不檢查</u>。

第12單元練習　參考答案

練習 U12-1

1. 李大明跟方文英說：「<u>要是／如果 你想找房子的話</u>，我這個週末有空，可以陪你去看房子。」
2. 謝心美對李天明說：「<u>要是／如果 你覺得工作壓力太大的話</u>，就利用假期出國旅行旅行吧。」
3. 謝心美：<u>要是／如果 她不願意跟你去看電影的話</u>，我跟你去。
4. <u>要是／如果 颱風來了的話</u>，這次旅行活動大概會取消。
5. <u>要是／如果 經濟不景氣的話</u>，會有更多人失業。
6. <u>要是／如果 人類不再破壞環境的話</u>，就可能減少環境汙染的問題。

練習 U12-2

1. 王文華很想去一家大企業工作。
   王大同跟王文華說：「既然你想去那家企業工作，那麼，你寄履歷表給他們試試看。」
2. 王偉華不要跟王文華和王玉華去看電影。
   王玉華跟王文華說：「既然他不要跟我們去看電影，那麼，我們兩個人去吧。」
3. 王秋華覺得排隊買電影票的人太多。
   林心怡跟王秋華說：「既然妳覺得排隊買電影票的人太多，那麼，我們去逛百貨公司吧。」
4. 林芳芳很喜歡一家公司的衣服。
   張文德跟林芳芳說：「既然妳這麼喜歡那家公司的衣服，那麼，妳就買啊。」

> ### 練習 U12-3
>
> 1. 李大明很想去墾丁旅行。
>   田中秋子跟李大明說:「既然你很想去墾丁旅行,你就利用下個週末去啊。」
> 2. 李天明覺得身體很不舒服。
>   李英愛跟李天明說:「既然你覺得身體很不舒服,你就去跟老闆請假啊。」
> 3. 田中秋子跟現在的室友合不來。
>   錢明宜跟田中秋子說:「既然妳跟現在的室友合不來,妳就找房子搬家啊。」
> 4. 方大同很喜歡一個一起學中文的法國女同學。
>   李英愛跟方大同說:「既然你很喜歡那個法國女同學,你就去跟她說啊。」

第13單元練習　參考答案

> ### 練習 U13-1
>
> 1. 白凱文學中文, 才 / 不過學了兩個月而已,所以他認識的中國字還不多。
> 2. 我跟他 才 / 不過 見過三次面而已,不算熟。 /
>   我 才 / 不過 跟他見過三次面而已,不算熟。
> 3. 中山一成 才 / 不過 喝了一瓶啤酒而已,就已經醉了。
> 4. 錢明宜班上很多學生最近感冒,今天 才 / 不過 來了兩個學生而已。
> 5. 方文英雖然住士林夜市附近,可是士林夜市,她才去過一次而已。
> 6. 田中秋子的同學 才 / 不過 學了一個月的中文而已,就回國了,因為那個學生不習慣臺灣的天氣。
> 7. 張文德 才 / 不過 帶了一百塊錢而已,不夠買那本書。
> 8. 今天氣溫 才 / 不過 八度而已,很多人都冷得受不了。
> 9. 林心怡 才 / 不過 吃了五個小籠包而已,可是她覺得很飽。
> 10. 白凱文 才 / 不過 來臺灣兩個月,他還不太了解台灣的文化傳統。
> 11. 李大明去逛夜市,他 才 / 不過 喝了一杯珍珠奶茶而已,沒買別的東西就回家了。
>
> ### 練習 U13-2
>
> 1. 王秋華喜歡畫畫,不過(是) / 只是 她的興趣而已,她沒有往藝術方面發展的計畫。
> 2. 王偉華和文心 不過(是) / 只是 普通朋友而已,並不是男女朋友。
> 3. 王家樂來臺灣的目的 不過(是) / 只是 學中文而已,他不打算一直住臺灣。
> 4. 昨天的地震 不過(是) / 只是 一次小地震而已,可是已經讓白凱文相當緊張。
> 5. 林學文 不過(是) / 只是 得了小感冒,他覺得不需要看病、吃藥。
> 6. 這個芒果 不過(是) / 只是 酸了一點,謝心美還是很喜歡吃。

7. 謝心美跟李英愛 不過（是）／ 只是 隨便聊聊而已，沒談什麼重要的事。

8. 李天明說，他 不過（是）／ 只是 跟王家樂一起上中文課而已，他並不了解王家樂平常的生活。

第14單元練習　參考答案

 練習 U14-1

1. 除了足球以外，李大明 還／也 喜歡籃球跟棒球。
2. 除了學中文以外，李英愛在臺灣 還／也 教韓文。
3. 除了哥哥以外，王家樂 還／也 有一個姊姊、一個弟弟。
4. 除了中東國家以外，印尼和馬來西亞也是回教國家。
5. 除了筆記型電腦以外，這家企業 還／也 製造智慧型手機和平板電腦。
6. 除了看電影以外，參觀博物館也是張文德跟王玉華喜歡的休閒活動。

練習 U14-2

1. 除了啤酒以外，李大明不喝別的酒。
2. 除了足球以外，李天明不喜歡別的球類運動。
3. 除了中文以外，田中秋子不會說其他的外國話。
4. 除了一個妹妹以外，陳家明沒有其他的兄弟姊妹。
5. 除了美國以外，別的國家的人都沒到過月球。
6. 除了中國以外，沒有一個國家有野生的熊貓。

練習 U14-3

1. 臺灣人對外國人都非常客氣，再說臺灣的生活費也比他們國家低，所以／因此／因而 王家樂來臺灣學中文。
2. 林心怡最近工作很忙，再說表演的票價也太貴了，所以／因此／因而 她沒去看那場表演。
3. 騎腳踏車算是一種運動，再說騎腳踏車不會造成空氣汙染，所以／因此／因而 王彩方建議大家多騎腳踏車。
4. 臺北的捷運、公車都很方便，再說，市區的停車位不多，所以／因此／因而 你還是別開車去吧。

> 練習 U14-4

1. 我不習慣住臺灣，因為這裡的夏天太濕熱，再說，吃的東西也不合我的口味。
2. 田中秋子很愛逛夜市，因為她喜歡夜市裡的熱鬧氣氛，再說，夜市裡的小吃真是又好吃又便宜。
3. 張小華打算搬家，因為現在租的房子附近的環境太吵，再說，室友抽菸、喝酒，壞習慣太多了。
4. 王玉華勸好朋友戒菸，她說，因為抽菸對健康只有壞處沒有好處，再說，他太太最近懷孕了，他應該替太太跟孩子想想。

第15單元練習　參考答案

> 練習 U15-1

1. 李英愛沒包過餃子以前以為包餃子很難，沒想到其實並不麻煩。
2. 不少外國人以為臭豆腐不好吃，沒想到吃了以後覺得還不錯。
3. 很多外國人以為學中文並不難，沒想到光聲調就不容易學得好。
4. 李天明以為這場足球賽不怎麼值得看，沒想到精彩得不得了。
5. 張明真以為那部電影很有意思，沒想到看了一半就看不下去了。
6. 林文德以為在速食店打工很輕鬆，沒想到工作那麼多，壓力也很大。

> 練習 U15-2

1. 今天的考試真難，還好／幸虧 我昨天準備了三個小時，要不然／否則 一定考得很糟糕。
2. 昨天的車禍很慘，還好／幸虧 林文娟繫了安全帶，要不然／否則 她受的傷可能更嚴重。
3. 最近感冒的人很多，還好／幸虧 王家樂平常就很注意健康，要不然／否則 也可能被傳染了。
4. 那家企業破產了，還好／幸虧 錢明宜沒買那家企業的股票，要不然／否則 她的損失一定很大。
5. 公司的電腦全部都中毒了，還好／幸虧 王偉華把資料存在隨身碟裡，要不然／否則 重要的報告可能全被破壞了。
6. 小偷去李天明住的地方偷東西，還好／幸虧 他每天都隨身帶著護照，要不然／否則 小偷可能把他的護照也偷走了。

第16單元練習　參考答案

練習 U16-1

1. 小張的壞習慣怎麼都改不了，每天<u>不是抽菸，就是喝酒</u>。
2. 李天明每天的早餐都差不多，<u>不是吃三明治，就是吃蛋餅</u>。
3. 方文英最近<u>不是感冒</u>，就是<u>拉肚子</u>，因此跟公司請了好幾次病假。
4. 那個國家最近<u>不是打仗</u>，就是天災不斷，所以去那裡旅遊的外國人很少。
5. 王家樂相當用功，常常<u>不是在圖書館看書</u>，就是找語言交換的朋友練習中文。
6. 小王工作上的表現很不好，<u>不是把工作推給同事做</u>，就是<u>出了問題馬上逃避責任</u>。

練習 U16-2

1. 醫生：妳的病<u>（並）不是感冒，而是鼻子過敏</u>，因為妳還不適應這裡的空氣。
2. 陳太太：這些包裝材料<u>（並）不是垃圾，而是可以回收再利用的資源</u>，所以別丟了。
3. 林小姐：那部電影帶給我的感覺<u>（並）不是緊張刺激，而是恐怖跟傷心</u>，我一邊看一邊覺得難過。
4. 老師：佛教<u>（並）不是中國的宗教，而是印度的宗教</u>。
5. 經濟學教授：經濟不景氣<u>（並）不是我們一個國家的問題，而是全球的問題</u>。
6. 李小姐：張先生夫婦離婚的原因<u>（並）不是外遇問題，而是個性不合的問題</u>。

練習 U16-3

1. 學生B：他<u>是我室友</u>，而／並<u>不是男朋友</u>。
2. 秘書：今天開會的時間<u>是下午三點</u>，而／並<u>不是兩點半</u>。
3. 米廠老闆：我們公司賣的米<u>是臺灣出產的</u>，而／並<u>不是從外國進口的</u>。
4. 醫生：放心，你的感冒<u>是一般的感冒</u>，並／而<u>不是流行性感冒</u>。
5. 方文英：我常搭那家航空公司的飛機<u>是因為班機時間適合我的需要</u>，而／並<u>不是因為他們的票價便宜</u>。
6. 警察：我們今天早上在機場查到的走私品<u>是象牙</u>，而／並<u>不是動物毛皮</u>。

第17單元練習　參考答案

練習 U17-1

1. 越來越多人喜歡<u>一邊走路，一邊低頭看手機</u>。
2. 警察警告駕駛人，不可以<u>一邊開車，一邊拿手機講電話</u>。
3. 醫生說，<u>一邊吃飯，一邊看電視或上網</u>，對健康非常不好。
4. 那個小孩被壞人追著跑，他<u>一邊跑，一邊大喊「救命！」</u>。
5. 林學友<u>一邊走路，一邊把登山背包背到背上</u>。
6. 很多華人家庭在除夕夜，家人<u>一邊吃年夜飯，一邊看電視節目</u>。

練習 U17-2

1. 不少大學教授在大學<u>一面教書，一面作研究</u>。
2. 那位單親媽媽<u>一面工作賺錢，一面照顧孩子</u>。
3. 張先生<u>一面跟李小姐交往，一面跟陳小姐約會</u>。
4. 學生練習演講比賽後，老師<u>一面鼓勵他，一面告訴學生要改善的地方</u>。
5. 那家投資公司<u>一面賣出大量美元，一面買進黃金與石油期貨</u>。
6. 那個國家的政府<u>一面加強和附近國家的關係，一面開始改善國內的經濟</u>。

練習 U17-3

1. 這張光碟裡的音樂，<u>吵的吵，怪的怪</u>，我都不喜歡。
2. 方文英到老師家包餃子，可是她包的餃子<u>大的大，小的小</u>，老師要她多練習。
3. 王家樂整理衣服，發現有不少衣服<u>舊的舊，小的小，破的破</u>，他打算都丟了。
4. 張明真想買一個新手機，到手機店看過以後覺得<u>貴的貴，難看的難看</u>，結果沒買。
5. 林文德打算租房子，但是看過的房子<u>髒的髒，小的小</u>，他真不知道該怎麼辦？
6. 家名最近找工作，面談以後覺得那些老闆<u>小氣的小氣，現實的現實</u>，他最後決定不換工作了。

練習 U17-4

1. 很多小孩子在公園裡玩遊戲，他們<u>笑的笑，叫的叫</u>，很開心。
2. 在熱門音樂演唱會現場，歌迷們<u>跳舞的跳舞，一起唱的一起唱</u>。
3. 在機場等轉機的旅客很多，旅客們<u>上網的上網，休息的休息，逛免稅店的逛免稅店</u>。
4. 早上去公園的人不少，大家在那裡<u>慢跑的慢跑，練太極拳的練太極拳，跳土風舞的跳土風舞</u>。
5. 夜市裡到處擠滿了人，大家<u>吃小吃的吃小吃，買東西的買東西</u>，還有人只是逛逛。
6. 圖書館裡坐滿了學生，學生們<u>念書的念書，寫作業的寫作業，睡覺的睡覺</u>。
7. 週末的購物中心到處都是人，顧客們<u>購物的購物，用餐的用餐，看電影的看電影</u>。
8. 大學畢業十年以後，我的同學們<u>結婚的結婚，生孩子的生孩子，移民的移民</u>，變化都很大。

第18單元練習　參考答案

練習 U18-1

1. 王偉華因為酒後駕駛而被警察開了一張罰單。
2. 張文德因為經濟不景氣而失業了。
3. 方大明因為失戀而染上酗酒的習慣。
4. 李英愛的鼻子因為空氣汙染而經常過敏。

5. 張教授因為沒得到經費補助而放棄研究計畫。
6. 人與人的聯絡因為智慧型手機快速發展而更便捷了。
7. 錢明宜老師因為上課前充分準備功課而相當受學生喜歡。
8. 那家企業的老闆因為產品有重大瑕疵而向消費者道歉。

練習 U18-2

1. 那個運動員為了提高比賽名次而接受密集訓練。
2. 田中秋子為了研究臺灣宗教而搬到臺灣來住。
3. 王大同為了給孩子更好的學習環境而搬家了。
4. 學生們為了對老師表達謝意而請老師吃飯。
5. 林學英為了把工作做好而一連加了三天的班。
6. 張文德為了使身體健康而逼自己養成每天運動的習慣。
7. 政府為了刺激景氣而宣布了多項新經濟政策。
8. 警方為了降低酒後駕駛的發生率而決定增加罰款。
9. 李大明不會為了減輕壓力而吸食毒品。
10. 林秋華不想為了照顧家庭、孩子而放棄工作。

練習 U18-3 綜合練習

1. 很多人 因為 / 為了 不想付錢而從網路上下載不合法的音樂或電影。
2. 學校因為颱風而宣布停課一天。
3. 田中秋子為了申請臺灣的大學而先來臺灣學中文。
4. 謝心美 因為 / 為了 要輕鬆一點而只選了四門課。
5. 那個球員因為打了裁判而不能參加比賽。
6. 林文德因為得自己付房租而去找了一份打工的工作。
7. 何美麗為了工作面談而買了一件新衣服。
8. 李大明因為怕過敏而不吃海鮮。
9. 不少大學生 因為 / 為了 省錢而租便宜的房子。
10. 張太太常常 因為 / 為了 子女的教育問題而跟張先生吵架。

第19單元練習 參考答案

 練習 U19-1

1. 因為睡過頭而偷懶請假的人很不負責任。
2. 因為喜歡京劇而開始學戲的人相當少見。
3. 因為經濟不景氣而失業的勞工在政府部門前抗議。
4. 在傳統社會裡，因為照顧家庭而犧牲自己工作機會的婦女很多。

練習 U19-2

1. 李老師幫很多<u>因為家庭經濟問題而不能繼續上學</u>的學生補習。
2. 政府警告那<u>些因為不想付費而下載沒有版權電影</u>的人已經違反法律了。
3. 警方盡快把那<u>些因為恐怖攻擊而受傷</u>的民眾盡快送到醫院。
4. 政府將那<u>些因為偷渡而被抓</u>的非法移民送回國。

練習 U19-3

1. <u>為了追求財富而放棄理想</u>的人很現實。
2. <u>為了達到目的而不擇手段</u>的人大概沒什麼朋友。
3. <u>為了照顧家庭、孩子而放棄工作</u>的現代婦女越來越少了。
4. <u>為了自己方便而隨便亂停車</u>的人很沒有公德心。

練習 U19-4

1. 社會大眾非常尊敬<u>為了救人而不顧自己安全</u>的消防隊員。
2. 警方相當注意那<u>些為了長途開車而吸食安非他命</u>的卡車駕駛。
3. 父母很看不慣孩子<u>為了玩電腦遊戲而晚睡</u>的行為。
4. 醫師建議那<u>些為了減肥而只吃蔬菜水果</u>的人注意營養均衡的問題。

第20單元練習　參考答案

練習 U20-1-1

1. 他的態度<u>客氣是客氣</u>，可是<u>有點怪</u>。
2. 騎摩托車<u>方便是方便</u>，可是<u>不太安全</u>。
3. 那部電影<u>好看是好看</u>，可是<u>有些劇情不太合理</u>。
4. 買東西時，商店用塑膠袋裝，<u>省事是省事</u>，可是<u>不環保</u>。
5. 運動對身體健康<u>有幫助是有幫助</u>，可是<u>要注意運動傷害</u>的問題。

練習 U20-1-2

1. 我的手機<u>便宜是便宜</u>，可是<u>功能很好</u>。
2. 王玉華說她爺爺<u>老是老</u>，可是<u>視力、聽力都沒問題</u>。
3. 王家樂說他的那隻手表<u>舊是舊</u>，可是<u>很有紀念性</u>，那是他奶奶送他的。
4. 張太太安慰朋友，錢被搶了，<u>倒楣是倒楣</u>，可是<u>人沒受傷就好了</u>。
5. 這公寓附近的環境<u>吵是吵</u>，可是<u>晚上還算安靜</u>，所以謝美心決定租這個房子。

練習 U20-1-3

1. 煮牛肉麵<u>麻煩</u>是不麻煩，可是<u>要煮得好吃並不容易</u>。
2. 不過不少外國人覺得豬血糕<u>難吃</u>是不難吃，可是<u>看起來是有點恐怖</u>。
3. 那件衣服<u>貴</u>是不貴，可是<u>衣服的顏色不太適合我</u>。
4. 我覺得這一課的生詞<u>難</u>是不難，可是<u>大部分的字寫起來都很複雜</u>。
5. 這次的工作面談<u>緊張</u>是不緊張，可是<u>那位老闆對我的態度好像很冷淡</u>。

練習 U20-2

1. 不少外國人覺得臭豆腐不但不臭，反而很好吃。
2. 健康雜誌上說抽菸不但不能減輕工作壓力，反而會造成嚴重的健康問題。
3. 天氣預報說今天會下雨，可是今天不但沒下雨，反而太陽很大。
4. 那對男女朋友把誤會解釋清楚以後，不但沒分手，反而決定結婚了。
5. 張文德在工作上出了一點問題，他老實告訴老闆，老闆不但沒罵他，反而跟他一起想辦法解決。
6. 經濟學教授認為，政府新的經濟政策不但不能解決問題，反而會讓貧富差距的問題更嚴重。

第21單元練習　參考答案

練習 U21-1

1. 不管／不論／無論 愛情小說、歷史小說 還是／或是 恐怖小說，田中秋子都很愛看。
2. 不管／不論／無論 吃火鍋 還是／或是 吃烤肉，李大明都喜歡辣一點的味道。
3. 在臺灣，不管／不論／無論 城市的家庭 還是／或是 鄉下的家庭，很多（家庭）都有摩托車。
4. 不管／不論／無論 歐洲（的國家）、非洲（的國家）還是／或是 亞洲的國家，不少國家都過聖誕節。
5. 不管／不論／無論（大家）游泳 還是／或是（大家）登山，（大家）都要注意安全。
6. 不管／不論／無論 騎摩托車（的人）還是／或是 坐摩托車（的人），（每個人）都應該戴安全帽。
7. 不管／不論／無論 茶、咖啡 還是／或是 可樂，（這些飲料）都有咖啡因。
8. 不管／不論／無論 臺北市 還是／或是 高雄市，（這兩個大城市）都有方便、乾淨的捷運。
9. 不管／不論／無論 西瓜 還是／或是 芒果，（這兩種水果）都是臺灣夏天的水果。
10. 不管／不論／無論 印尼、越南，還是／或是 泰國，（這些國家）都有很多華僑。
11. 不管／不論／無論 打太極拳 還是／或是 練習瑜伽，（這兩種運動）都對身體健康有很大的好處。

> 練習 U21-2

1. 不管／不論／無論（大家）在圖書館、在電影院 還是／或是 在醫院，（大家）都不可以大聲講話。
2. 不管／不論／無論（一個人）去工作面談 還是／或是（一個人）參加婚禮，（每個人）都不應該穿得太隨便。
3. 不管／不論／無論 臺灣、韓國 還是／或是 日本，（這三個國家）都不出產石油。
4. 不管／不論／無論為了減輕壓力還是／或是為了逃避現實，（每個人）都不應該吸毒。
5. 不管／不論／無論 謝心美 還是／或是 方文英，（他們）都不喜歡吃榴槤。
6. 不管／不論／無論 張小華 還是／或是 王美美，（他們）都沒準備今天的考試。
7. 不管／不論／無論 方文英還是／或是 王家樂，（她們）都沒辦法參加李英愛的婚禮。
8. 不管／不論／無論 這個候選人還是／或是 那個候選人，（他們）都沒什麼選民支持。
9. 醫生說，不管／不論／無論 炸的還是／或是 烤的東西，（我們）都不應該多吃。
10. 在臺灣，不管／不論／無論 在校園、在車站 還是／或是 在百貨公司，（大家）都不可以抽菸。
11. 對很多西方人來說，不管／不論／無論 中文 還是／或是 日文，（這兩種語言）都不容易學。

第22單元練習　參考答案

> 練習 U22-1

1. 上、下班的時候，不管／不論／無論 哪一班捷運，都擠滿了乘客。
2. 不管／不論／無論 做什麼工作，（有工作的人）都要繳所得稅給政府。
3. 不管／不論／無論 在什麼國家，華僑都有慶祝春節的傳統文化。
4. 現在有很多人，不管／不論／無論 什麼時候，（他們）都拿著手機上網。
5. 不管／不論／無論 哪一個／什麼 國家，都有自己的選舉制度。
6. 不管／不論／無論 哪一種／什麼 宗教，都帶給人們平安和希望。
7. 在臺灣，不管／不論／無論 哪一個家庭，都得付垃圾處理費。
8. 不管／不論／無論 用 哪種／什麼 方法發電，都可能汙染環境。
9. 不管／不論／無論 誰，都不應該用吸毒來逃避現實。
10. 林心怡跟媽媽說，不管／不論／無論 誰請客，她都不去。
11. 這種青菜，不管／不論／無論 怎麼做，都很好吃。
12. 王偉華的女朋友，不管／不論／無論 王偉華怎麼解釋，她都不相信他沒「腳踏兩條船」。

練習 U22-2

1. 媽媽告訴孩子：「不管／不論／無論 這種藥苦不苦，你都得吃。」
2. 不管／不論／無論 下雨不下雨，張明真出門都帶傘。
3. 不管／不論／無論 父母願意不願意，林心怡都要繼續跟男朋友交往下去。
4. 不管／不論／無論 信不信基督教，（很多人）都喜歡聖誕節的氣氛。
5. 老師說，不管／不論／無論 考試卷寫沒寫完，（學生）都要在下課的時候交給老師。
6. 錢明宜跟中山一成說，新年到了，不管／不論／無論 有沒有空，都應該給父母打個電話。

第23單元練習　參考答案

練習 U23-1

1. 李大明<u>並不</u>想去看那部電影，可是田中秋子拉他去看。
2. 何國祥常常跟剛認識的臺灣朋友說，他<u>並不</u>是臺灣人，而是印尼華僑。
3. 田中秋子的臺灣朋友<u>並不</u>知道她以前在臺灣住過五年。①
4. 雖然中山一成跟房東住在一起，可是他<u>並不</u>清楚他的房東做什麼工作。③
5. 王秋華昨天休假，她<u>並沒</u>去醫院上班。
6. 謝心美跟朋友說：「我<u>並沒</u>去過花蓮，你怎麼說我去過？」
7. 學校的美國學生很多，可是別的老師告訴我，錢明宜這個學期的班上<u>並沒</u>有美國學生。③
8. 警察問李天明他朋友酒後開車的事，李天明告訴警察，他<u>並沒</u>親眼看見他的朋友酒後開車。③

練習 U23-2

1. 陳小姐：文心知道她男朋友有別的女朋友了，是你告訴她的嗎？
   張先生：我<u>可</u>沒說，也許是她自己發現的。③

2. 陳美芳：你怎麼騎機車載王玉華去陽明山看夜景？她感冒了，你不知道嗎？
   王偉華：我<u>可</u>沒載她去，她是跟她男朋友一起去的。③

3. 張小華：你聽說老闆最近要叫誰走路嗎？
   　家名：這件事我<u>可不</u>清楚。你不要說這些不確定的事，好不好？③

4. 王文華：能不能再借我一千塊錢？
   王偉華：我<u>可不</u>是你的提款機，而且，你上次跟我借的一千塊還沒還給我！

5. 謝心美：我<u>可</u>沒說要跟你去看電影，你自己去吧。①
   中山一成：可是我剛剛訂了兩張電影票。

6. 王心怡：你能不能幫家名介紹一份工作？
   林學英：我<u>可不</u>幫他這個忙，上次幫他介紹租房子，結果弄得很不愉快，你忘了嗎？①

7. 張先生：關於這件事，你同意我的看法吧？
   李先生：我跟你的看法<u>可不</u>一樣，我認為這件事還要再考慮、考慮。

8. 高先生：老王，我聽王定一他們夫婦說你的生日快到了，是不是？
   王彩方：你們<u>可不</u>要給我準備什麼生日聚餐，大家花錢讓我很不好意思。③

9. 白凱文：我認識一個朋友，他買得到大麻，你要不要抽抽看？
   王家樂：這我<u>可不</u>敢嘗試，萬一上癮了怎麼辦？我勸你也別試。

練習 U23-3

1. 王美美：唉，我昨天發現我男朋友又跟別的女生去看電影了。
   林芳芳：妳<u>又不</u>是不知道他很花，我勸妳早點跟他分手吧。

2. 妹妹：姊，妳知不知道我的護照有效日期到什麼時候？
   姊姊：妳<u>又沒</u>告訴我，我怎麼會知道？

3. 林文娟：你怎麼請王美美去喝酒，你不知道她懷孕了嗎？
   林文德：她<u>又沒</u>說，我怎麼知道？要是我知道，當然不可能約她去喝酒。

4. 家名：走，我們去巷口那家餐廳吃飯吧。
   文心：那家店的菜<u>又不</u>好吃，你為什麼非去不可？③

5. 林學友：你給小李打個電話，告訴他我們明天的計畫。
   林學中：我<u>又沒</u>他的電話，要打，你不會自己打？③

6. 老師：現在聽寫這一課的句子。
   學生：老師，你昨天<u>又沒</u>說今天聽寫，明天再聽寫，好不好？

7. 林芳芳：我們這兩件衣服看起來差不多，怎麼妳那件那麼貴？
   文心：拜託——，我這件的品質跟妳那件<u>又不</u>一樣，我這件可是名牌的。③

163

第24單元練習　參考答案

練習 U24-1

1. 那部電影相當賣座，一方面劇情帶給觀眾新鮮感，一方面男、女主角的演技也很好。
2. 田中秋子打算搬家，一方面現在的房東打算賣房子，一方面住的地方離學校也太遠了。
3. 林學文想買那部汽車，一方面汽車的價錢很合理，一方面他也開慣了那個牌子的汽車。
4. 王家樂喜歡到球場看足球賽，一方面氣氛比較緊張刺激，一方面他也能看清楚球場全部的情形。
5. 李大明不想參加他們公司的旅遊活動，一方面那些地方他都去過了，一方面他太太最近也快生產了。
6. 我想買這本中文書，一方面我對這本書介紹的臺灣傳統文化有興趣，一方面書的內容也適合我的中文程度。

練習 U24-2

1. 那家大企業的老闆在社會上很有名，電視上常常看得見他的新聞。
2. 中國在世界上越來越有經濟上的影響力了。
3. 林芳芳跟男朋友前幾個月感情上有些問題，不過現在已經解決了。
4. 李大明最近在工作上有一些看法跟老闆不太一樣，這件事讓他很煩惱。
5. 王秋華在生活上很有計畫，工作、休閒活動……什麼的，都安排得很好。
6. 張先生夫婦在對孩子的教育方式上常常有相反的看法。
7. 一般人要是在法律上碰到問題，常常不知道怎麼辦。
8. 政府在失業問題上沒有很有效的解決辦法，這種情況引起了很多失業的人的抗議。
9. 每個國家在經濟問題上都有很多要處理、要解決的難題。
10. 在臺灣，城市裡的孩子跟鄉下的孩子在教育上有一些不平等的地方，比方學校的設備、外語教育什麼的。
11. 那家電腦製造公司說，要生產更輕、更薄的平板電腦在技術上已經沒問題了。
12. 王玉華在經濟上還沒獨立，學費、生活費還需要父母提供。

第25單元練習　參考答案

練習 U25-1

1. 王文華參加一個付費的電影網站，<u>要／想 看什麼電影就看什麼電影</u>，真方便。
2. 張文德請朋友吃飯，他跟朋友說：「<u>要／想 點什麼菜就點什麼菜</u>，不必客氣。」
3. 田中秋子跟好朋友說：「我的漫畫書很多，<u>妳 要／想 看哪一本，就看哪一本。想看什麼，就看什麼</u>，別客氣。」
4. 新開的購物中心很大，裡面的店很多，<u>要／想 逛哪一家，就逛哪一家</u>，又輕鬆又自在。
5. 王偉華從家裡搬出來一個人住，他跟朋友說：「一個人住，<u>要／想 做什麼，就做什麼</u>，真自在！」
6. 自從林文德買車以來，他覺得真方便，因為 <u>要／想 去哪裡就去哪裡</u>，比搭客運、火車方便多了。

練習 U25-2

1. 林心怡：隨便，<u>什麼好吃（我們）就吃什麼吧</u>。（<u>哪家好吃，我們就吃哪家吧</u>。）
2. 林學中：<u>誰的政治想法好（我）就選誰</u>。
3. 中山一成：還沒決定，不過我想<u>哪一個房間大（我）就租哪一個房間</u>。
   張明真：<u>哪一家便宜（我們）就去哪一家買</u>。
4. 王偉華：<u>（現在）誰有空就誰去打電話訂</u>。
5. 女朋友：<u>哪一部有意思（我們）就看哪一部</u>。

練習 U25-3

1. 王大同：<u>怎麼好吃（妳）就怎麼做</u>。
2. 文心：當然是<u>怎麼快就怎麼去</u>啊！
3. 林芳芳：無所謂，<u>怎麼舒服就怎麼睡</u>。
4. 田中秋子：<u>怎麼漂亮就怎麼拍吧</u>！
5. 公司老闆：你<u>怎麼方便就怎麼處理</u>，你自己決定就好了。

第26單元練習　參考答案

練習 U26-1

1. 今年夏天颱風特別多，每個月都有<u>一個</u>，七月甚至（於）來了<u>三個</u>。
2. 臺灣夏天很熱，溫度差不多都在<u>三十四、五度</u>，有時候甚至（於）到<u>三十八度</u>。
3. 陳先生夫妻感情不好，常常吵架，有時候甚至（於）<u>還打起架來</u>。
4. 李天明會修理很多東西，他修理過<u>手表</u>、<u>電腦</u>，甚至（於）<u>還會修理智慧型手機</u>。
5. 有些人受不了太大的壓力，這時可能會<u>抽菸</u>、<u>喝酒</u>，甚至（於）<u>自殺</u>。
6. 謝心美會說很多外國話，像<u>中文</u>、<u>德語</u>、<u>俄語</u>，甚至（於）<u>會說拉丁文</u>。
7. 小林很喜歡養小動物，他<u>養過貓</u>、<u>養過狗</u>、<u>養過魚</u>，甚至（於）<u>養過蛇</u>。

練習 U26-2

1. 今天的天氣很奇怪，一會兒<u>下大雨</u>，一會兒<u>出大太陽</u>。
2. 謝心美：她昨天一會兒<u>頭疼</u>，一會兒<u>拉肚子</u>，大概生病了。
3. 中山一成最近糊裡糊塗的，一會兒<u>掉手機</u>，一會兒<u>掉錢包</u>。
4. 在聖誕晚會上，王家樂一會兒<u>吃火雞</u>，一會兒<u>喝啤酒</u>，非常滿足。
5. 田中秋子看連續劇的時候，常常一會兒<u>笑</u>，一會兒<u>哭</u>，心情跟著劇情改變。
6. 家名這個週末一直在家，一會兒<u>看電視</u>，一會兒<u>上網</u>，一會兒吃東西、睡覺，
   過得很輕鬆。
7. 臺灣一會兒<u>有颱風</u>，一會兒<u>有地震</u>，所以方文英住不慣臺灣。

練習 U26-3

1. 張文德一會兒想辭職，一會兒又想繼續做下去，工作的事讓他最近很煩惱。
2. 文心一會兒想跟旅行團去旅行，一會兒想自助旅行，她希望家名給她一點意見。
3. 白凱文一會兒說打算繼續學中文，一會兒說準備找工作，他大概還沒決定好吧。
4. 林學英一會兒跟女朋友說要分手，一會兒又說要在一起，所以他女朋友也不清楚
   林學英心裡想什麼。
5. 你一會兒說要去吃牛肉麵，一會兒又說要去吃小籠包，你到底想吃什麼？

第27單元練習　參考答案

練習 U27-1

1. 方文英來臺北以後，就<u>一直住現在的地方</u>，沒搬過家。／
   方文英來臺北以後，就住在現在的地方，<u>一直沒搬過家</u>。
2. 王大同在公司升級以後<u>一直很忙</u>，連週末也常常加班。
3. 王偉華自從被警察開過罰單以後就<u>一直小心開車</u>，不敢再超速了。
4. 李英愛從中學開始就<u>一直希望能來臺灣學中文</u>，現在終於來臺灣了。
5. 王彩方最近<u>一直頭暈</u>，所以兒子陪他到醫院去檢查檢查。
6. 李天明來臺灣以後，<u>一直不想嘗試吃臭豆腐</u>。
7. 謝心美今天早上到了學校，就想把書還給李英愛，可是李英愛<u>一直沒來</u>。／
   謝心美今天早上到了學校，就<u>一直想把書還給李英愛</u>，可是李英愛沒來。

練習 U27-2

1. 王家樂<u>一向</u>都喝不加糖的咖啡。
2. 王心怡的身體<u>一向</u>很好，可是最近居然得了重感冒。
3. 林文娟早上起床以後，<u>一向</u>先到公園去運動，再回家吃早飯。
4. 小孩子<u>一向</u>喜歡看動畫電影。
5. 那個學生在上課的時候<u>一向</u>不愛參加同學的討論活動。
6. 陳美芳對電視連續劇<u>一向</u>沒什麼興趣。
7. 林學中有一個同事，他的個性很奇怪，所以<u>一向</u>沒什麼朋友。
8. 那兩家公司的關係<u>一向</u>不好，他們怎麼可能合作呢？

練習 U27-3

1. 喝了酒以後，一個人的反應<u>往往</u>會變慢，所以千萬不能開車。①
2. 當得了中、小學老師的人<u>往往</u>比別人更有耐心。
3. 很多感冒藥吃了以後<u>往往</u>讓病人很想睡覺，目的是希望病人多休息。
4. 先生如果有外遇，太太<u>往往</u>不是第一個知道的人。
5. 西方國家的學生學寫漢字<u>往往</u>得花比日、韓學生更長的時間才學得好。①
6. 各國<u>往往</u>有自己的傳統文化與習慣，外國人很難一下子就了解。①

練習 U27-4 綜合練習

一直 / 一向 / 往往 / 一直 / 往往 / 一向 / 一直
李天明到了咖啡店，就<u>一直</u>坐在那兒。他<u>一向</u>喜歡坐靠窗的位子，<u>往往</u>點了一杯咖啡以後，就打開書開始準備功課。但他也不是<u>一直</u>看書，有時候看看窗戶外面的風景，有時聽聽隔壁客人說的中文，試試能聽懂多少，但<u>往往</u>只聽得懂幾句話而已。老師跟他說過，聽力<u>一向</u>是外國學生學習上最困難的部分，所以他<u>一直</u>覺得自己的中文聽力還需要多訓練才能進步得快一點。

第28單元練習　參考答案

練習 U28-1

1. 雖然李天明覺得學中文並不容易，<u>不過 / 可是 / 但是</u> 他要繼續學下去。
   李天明<u>雖然</u>覺得學中文並不容易，<u>不過 / 可是 / 但是</u> 他要繼續學下去。
2. 上半年的政府調查報告說，<u>雖然</u>經濟不太景氣，<u>不過 / 可是 / 但是</u> 失業率並不太高。
   上半年的政府調查報告說，經濟<u>雖然</u>不太景氣，<u>不過 / 可是 / 但是</u> 失業率並不太高。
3. 國際問題專家說，<u>雖然</u>這兩個國家的關係有些緊張，<u>不過 / 可是 / 但是</u> 不太可能發生戰爭。
   國際問題專家說，這兩個國家的關係<u>雖然</u>有些緊張，<u>不過 / 可是 / 但是</u> 不太可能發生戰爭。
4. 中山一成租的房子，<u>雖然</u>附近的環境有點吵，<u>不過 / 可是 / 但是</u> 離捷運站很近，交通很方便。
5. <u>雖然</u>林學文有點感冒、不舒服，<u>不過 / 可是 / 但是</u> 因為工作沒做完，所以還在公司加班。
   林學文<u>雖然</u>有點感冒、不舒服，<u>不過 / 可是 / 但是</u> 因為工作沒做完，所以還在公司加班。
6. <u>雖然</u>夜市的小吃非常好吃，<u>不過 / 可是 / 但是</u> 顧客應該注意衛生問題。
   夜市的小吃<u>雖然</u>非常好吃，<u>不過 / 可是 / 但是</u> 顧客應該注意衛生問題。
7. <u>雖然</u>小感冒不一定要看病、吃藥，<u>不過 / 可是 / 但是</u> 還是應該多休息。
   小感冒<u>雖然</u>不一定要看病、吃藥，<u>不過 / 可是 / 但是</u> 還是應該多休息。
8. <u>雖然</u>買東西時，使用塑膠袋是大家的習慣，<u>不過 / 可是 / 但是</u> 塑膠袋容易汙染環境，我們還是應該少用。
   買東西時，<u>雖然</u>使用塑膠袋是大家的習慣，<u>不過 / 可是 / 但是</u> 塑膠袋容易汙染環境，我們還是應該少用。

練習 U28-2

1. 林秋華跟張文德說：「除非<u>你下個星期就還我</u>，要不然<u>我不借你</u>。」
   林秋華跟張文德說：「除非<u>你下個星期就還我</u>，我才借你。」
2. 王美美跟林文德說：「除非<u>你戒菸</u>，要不然<u>我要跟你分手</u>。」
   王美美跟林文德說：「除非<u>你戒菸</u>，我才<u>繼續跟你交往下去</u>。」
3. 田中秋子跟李英愛說：「除非<u>妳的簽證快到期了</u>，要不然<u>妳還不需要去移民署延長簽證</u>。」
   田中秋子跟李英愛說：「除非<u>妳的簽證快到期了</u>，妳才<u>需要去移民署延長簽證</u>。」
4. 房東跟想租房子的人說：「除非<u>你先付三個月的房租</u>，要不然<u>房子不能租給你</u>。」
   房東跟想租房子的人說：「除非<u>你先付三個月的房租</u>，我才<u>把房子租給你</u>。」
5. 除非<u>上網訂那家綠島民宿的房間</u>，否則<u>房價不打折</u>。
   除非<u>上網訂那家綠島民宿的房間</u>，房價才<u>打八折</u>。

6. 除非<u>大家都注意環境衛生</u>，否則<u>傳染病很容易發生</u>。
除非<u>大家都注意環境衛生</u>，<u>傳染病</u>才<u>不容易發生</u>。

7. 除非<u>企業家願意跟勞工代表討論工資問題</u>，否則<u>工人還會繼續罷工</u>。
除非<u>企業家願意跟勞工代表討論工資問題</u>，<u>工人</u>才<u>可能停止罷工</u>。

8. 除非<u>那位候選人能提出有效降低犯罪率的政策</u>，否則<u>選民不可能支持他</u>。
除非<u>那位候選人能提出有效降低犯罪率的政策</u>，<u>選民</u>才<u>可能支持他</u>。

第29單元練習　參考答案

練習 U29-1

1. 很多年輕人寧可晚上<u>不睡覺</u>，也一定要<u>玩線上遊戲</u>。（A-4；B-5）

2. 很多人為了跟家人吃年夜飯，他們寧可<u>忍受塞車的痛苦</u>，也要<u>在除夕夜前開車回家</u>。（A-5；B-6）

3. 錢明宜老師寧可<u>在學校留到晚一點</u>，也要把第二天上課的材料都先準備好。（A-2；B-3）

4. 為了吃得健康，很多人寧可<u>多花一點錢</u>，也要<u>買比較貴的有機食品</u>。（A-6；B-1）

5. 那家生產日用品的公司老闆認為寧可<u>提高生產成本</u>，也要<u>做出最好的產品來</u>。（A-1；B-2）

6. 那家餐廳的老闆寧可<u>用貴一點的食材</u>，也要<u>做出讓客人滿意的菜</u>。（A-3；B-4）

練習 U29-2

1. 為了安全，開車的時候，寧可<u>開慢一點</u>，也不應該<u>超速、闖紅燈</u>。（A-3；B-6）

2. 張文德寧可<u>搭公車上班</u>，也不要<u>坐擠得不得了的捷運</u>。（A-4；B-2）

3. 李天明不想把太多時間花在上下班的交通時間上，所以他寧可<u>多付一點房租，租離辦公室近的市區房子</u>，也不想住在沒捷運的郊區。（A-6；B-4）

4. 學校餐廳的菜不合我的口味，我寧可<u>吃泡麵</u>，也不要<u>去學校餐廳吃飯</u>。（A-1；B-5）

5. 你聽過《小美人魚》的故事吧？她寧可<u>自己死</u>，也不願意<u>殺死自己最愛的王子</u>。（A-2；B-3）

6. 快過聖誕節了，但是林學文是一個想法傳統的人，他寧可<u>慢慢花時間寫聖誕卡</u>，也不想<u>用電子郵件寄聖誕卡</u>。（A-5；B-1）

練習 U29-3

1. 那個酒鬼寧可<u>沒飯吃</u>，也一定要<u>有酒喝</u>。（A-8；B-5）
2. 很多年輕人喜歡名牌的東西，所以有些人寧可<u>省下生活費</u>，也要<u>花錢買名牌皮包</u>。（A-5；B-4）
3. 張文德工作的公司有管理方面的問題，他跟朋友說：「我寧可<u>沒工作</u>，也要<u>告訴老闆公司的問題在哪裡</u>。」（A-1；B-8）
4. 林文德太喜歡吃芒果冰了，所以他說他寧可<u>不吃晚飯</u>，也要<u>直接到夜市去吃芒果冰</u>。（A-7；B-9）
5. 那個學生學習成績不錯，但是更愛棒球運動，所以他寧可<u>不念研究所</u>，也要<u>參加職業球隊</u>。（A-2；B-1）
6. 中山一成是個足球迷，他寧可半夜<u>不睡覺</u>，也要看電視的足球賽轉播。（A-9；B-7）
7. 愛美怕胖的人寧可放棄美食<u>不吃冰淇淋、巧克力</u>，也不願讓自己變胖。（A-6；B-3）
8. 王玉華不喜歡林文德，所以她說她週末寧可<u>不出門</u>，也不要跟林文德出去看電影。（A-4；B-6）
9. 王美美的父母非常傳統、保守，但是她寧可<u>不結婚</u>，也不要<u>跟父母幫她安排的對象結婚</u>。（A-3；B-2）

練習 U29-4

1. 冬天去加拿大旅遊太冷了，與其<u>冬天去</u>，不如<u>夏天去</u>。（A-5；B-7）
2. 牛肉麵店前面排了那麼長的隊，田中秋子跟朋友說：與其<u>吃牛肉麵</u>，不如<u>去吃火鍋</u>。（A-3；B-6）
3. 王心怡跟男朋友常常吵架，她覺得與其<u>繼續交往</u>，不如<u>分手算了</u>。（A-6；B-4）
4. 路上塞車了，方文英跟同學說，與其<u>搭計程車去</u>，不如<u>搭捷運去</u>。（A-1；B-5）
5. 李英愛勸她的韓國朋友：你與其<u>在韓國花兩年的時間學中文</u>，不如<u>到臺灣來上一年的中文課</u>。（A-7；B-2）
6. 在臺灣製造電腦的成本太高，與其<u>在臺灣生產</u>，不如<u>到勞工工資低的國家生產</u>。（A-2；B-1）
7. 王美美覺得在市區租房子太貴了，與其<u>在市區租一個又小又貴的套房</u>，不如<u>到郊區租一個大而且比較便宜的房子</u>。（A-4；B-3）

第30單元練習　參考答案

練習 U30-1

1. 連寫帶畫
2. 連哭帶罵
3. 連說帶唱
4. 連跑帶跳
5. 連剪帶洗

練習 U30-2

1. 方文英準備聖誕晚會，連買烤火雞帶買啤酒，一共花了一萬塊。
2. 王偉華上週末跟朋友聚餐，連吃飯帶去 KTV 唱歌，花了八千多塊。
3. 語言中心繳學費的規定改善了不少，連填申請表帶繳學費，二十分鐘就辦好了。
4. 陳美芳是職業婦女，做事很有效率，下班回家做飯，連炒菜帶做湯，加起來半個小時就做好了。

練習 U30-3

1. 林心怡坐公車時，連錢包帶手機都被偷了。
2. 這個去加拿大的旅行團，連大人帶小孩一共有三十人。
3. 李英愛要回國了，她打算連電腦帶課本都先寄回韓國。
4. 番茄炒蛋有很多做法，最容易的就是連番茄帶蛋一起炒。

練習 U30-4

1. 連工帶料
2. 連名帶姓
3. 連本帶利
4. 連人帶車
5. 連皮帶骨
6. 連滾帶爬
7. 連哄帶騙

第31單元練習　參考答案

練習 U31-1

1. 臺灣夏天的氣溫常常出現三十五度以上的高溫。
2. 來看今天演唱會的觀眾有五千人以上。
3. 在高速公路上開車超速，罰款（在）三千塊錢以上。
4. 老師告訴外國學生，你每個月的成績都得（在）八十分以上才能申請獎學金。
5. 一個外國人如果認識兩千個以上的漢字，那麼他的中國程度應該相當不錯了。
6. 按照臺北公車公司規定，六十五歲以上的人坐公車，可以用「老人優待票」。
7. 臺北市冬天的氣溫很少在十度以下。
8. 按照學校規定，選課的學生（在）十五個以下，就不開這門課。
9. 王美美每個月的生活費都在三萬塊以下。
10. 中山一成才學了兩個月的中文，他認識的漢字大概還在五百個以下。
11. 這個國家的失業率在百分之四以下，經濟情況相當不錯。
12. 錢老師告訴白凱文，他上個月的成績退步到八十分以下，所以這個月拿不到獎學金。

練習 U31-2

1. 王定一跟朋友去那家餐廳聚餐，花的錢在四千塊錢以內。
2. 老闆跟林學友說，這次出差的費用最好控制在一萬塊以內（／以下）。
3. 錢老師說，今天的考試不難，一個小時以內，大家就可以考完了。
4. 那家pizza店的〈外送服務單〉上寫：臺北市市區以內送，新北市和其他的地方不送。
5. 這座山很容易爬，只要兩個鐘頭以內，就能爬到山頂。

練習 U31-3

1. 這條路在中山路以東叫「三民東路」，以西叫「三民西路」。
2. 臺灣在北回歸線以北的地方是亞熱帶氣候，以南是熱帶氣候。
3. 臺灣的中間有很多山，山以東的平原比較小，山以西的平原比較大。
4. 那個溫泉大概在火車站以東一公里的地方。
5. 那個國家有一座大山，山以西的地方都是沙漠，住的人很少。
6. 有一個颱風會經過臺灣北部的海上，所以臺中以北的地方都會受颱風影響。

第32單元練習　參考答案

練習 U32-1

1. 去飛機場以前，<u>張文德把護照、信用卡、手機這些東西檢查了兩遍才出門</u>。
2. 中山一成跟餐廳服務生說：「對不起，我沒聽清楚，<u>請你把「今日特餐」的內容再說一次</u>。」
3. 林學友看那張抽象畫，第一眼沒看出來畫的是什麼，<u>他把那張畫又看了五分鐘才看出來</u>。
4. 老闆要王偉華寫一份計畫書，<u>王偉華把這份計畫書拖了兩天才交給老闆</u>。
5. 李天明上飛機以前，<u>海關人員把他的背包裡裡外外檢查了十分鐘才讓他走</u>。

練習 U32-2

1. 謝心美跟朋友從臺北騎腳踏車到淡水，<u>把她騎得累死了</u>。
2. 張文德利用週六下午洗車，天氣很熱，所以<u>把他洗得滿身大汗</u>。
3. 家名跟朋友在夜店喝了一種很強的酒，這種酒<u>把他醉得第二天頭疼得不得了</u>。
4. 王美美租的房子附近很吵，噪音常常<u>把她吵得看不下書</u>。
5. 林秋華吃麻辣臭豆腐，她沒想到這麼辣，<u>把她辣得一連喝了三杯冰水</u>。
6. 林芳芳下午去看了一部悲劇電影，電影內容<u>把她難過得吃不下晚飯</u>。
7. 家名把文心的手機弄壞了，這件事<u>把文心氣得一個星期不跟家名說話</u>。

練習 U32-3

1. 王文華請pizza店的店員把他買的大pizza切成十塊。④⑦①③⑥②⑤
2. 王家樂最近加強練習馬拉松比賽，<u>他把運動鞋跑壞了兩雙</u>。
3. 田中秋子怕行李超重，所以<u>她把箱子裡的書拿出十本來</u>，準備先寄回國。
   ⑥⑤③②④①
4. <u>白凱文把那本中文書翻了幾頁就放下來了</u>，因為內容太難了，他看不懂。
   ④⑥⑦①③⑤②
5. 李天明餓極了，<u>他一口氣把一籠小籠包吃得只剩兩個了</u>。
6. 由於戰爭結束了，<u>美國政府決定把派在那個國家的軍人從兩萬五千人減少到
   三千人</u>。①⑤⑧②⑦⑥③④

練習 U32-4

1. 林學文有一條長褲的褲腳破了，於是他決定<u>把那條褲子改成短褲</u>。
2. 錢明宜這個學期班上有一對雙胞胎兄弟，她常常<u>把弟弟當成哥哥</u>。
3. 林文德<u>把他去中東國家旅遊的經過寫成一篇報告</u>，在上課的時候說給大家
   聽。
4. 剛開始學中文的學生，常常<u>把「直」看成「真」</u>，也可能<u>把「真」說成
   「直」</u>。
5. 有一位藝術家回收塑膠瓶，他<u>把回收的塑膠瓶做成了一件藝術品</u>。

華語文能力測驗

進階高階級模擬練習題（第一回）

作答注意事項：

一、這個題本一共有 50 題，考試時間為 60 分鐘。

二、所有的答案必須寫在答案卡上，寫在題本上的答案將不算成績。

三、每一題都有四個選項，請選出一個正確答案，多選者是為錯誤。

四、考試開始後，不得任意離場。若有任何疑問，請舉手，監試人員會到你
　　身旁。

五、考試結束，請將題本和答案卡放在桌上。等待監試人員收卷、清點完畢後，
　　才能離場。

選詞填空

（第 1~20 題）

說明：在這一部分，每一段短文有幾個空格，每個空格有四個選項，請選出
　　　正確的答案完成短文。

例題如下：

　　　我的好朋友大華在台北的一家餐廳工作，平常　　1　　我去那兒吃飯，
他一定會請我喝一杯　　2　　。那兒的菜不　3　　便宜，但是很好吃，但是
很好吃，我常常跟朋友在那兒　　4　　吃飯、　　5　　聊天，感覺很不錯。我
跟大華說，我也想要去那兒工作。

1. (A) 只有 (B) 只要 (C) 就要 (D) 還是

1.　 A 　 B 　 C 　 D 　（第 2-5 題省略）

本例子採用國家華語測驗推動委員會的模擬試題說明

175

（一）

　　由於工作 ___1___ 的需要，王家樂必須去研究樹、了解樹，不但 ___2___ 認識了樹，也愛上了樹。他發現，在森林裡，有許多樹 ___3___ 生長的環境好，可以好好地成長，變成大樹。不過，也有許多樹在惡劣的環境中生長， ___4___ 跟其他植物競爭，否則就生存不 ___5___ 了。

1.（A）情形
　（B）方面
　（C）事情
　（D）內容

2.（A）這樣
　（B）所以
　（C）因為
　（D）因此

3.（A）雖然
　（B）就是
　（C）因為
　（D）為了

4.（A）除非
　（B）除了
　（C）除外
　（D）除此

5.（A）上去
　（B）上來
　（C）下來
　（D）下去

（二）

　　最近的天氣相當奇怪， ___6___ 應該是梅雨季節，卻 ___7___ 沒下什麼雨。氣象專家說，臺灣差不多每年五月中進入梅雨季，然後到六月中結束；在這 ___8___ 時間裡， ___9___ 會有兩到三次雨量大而且比較長的雨天，民眾應該特別注意發生水災的可能性。可是今年從五月到現在，北部及中部地區只有一次明顯的降雨，南部地區也只有零星的降雨。因此政府希望大家節約用水， ___10___ 希望接著來的颱風季節能給臺灣帶來豐富的雨水。

6.（A）後來
　（B）從來
　（C）原來
　（D）將來

7.（A）從來
　（B）一直
　（C）向來
　（D）一向

8. （A） 場
   （B） 節
   （C） 陣
   （D） 段

9. （A） 往往
   （B） 向來
   （C） 一向
   （D） 往常

10. （A） 還有
    （B） 並且
    （C） 另外
    （D） 再說

（三）

小張：我前天在網站上訂了三本書，居然今天 __11__ 送到，__12__ 不是二十四
　　　小時 __13__ 到貨，我要打電話申訴。

小林：你是前天什麼時候訂的？

小張：晚上十點 __14__ 吧，我也不太記得了。

小林：你看清楚他們的送貨規定，前一天下午五點以前訂貨，第二天到貨；五
　　　點以後訂貨會晚一天。是你自己沒先注意，__15__ 怪別人呢？

11. （A） 才
    （B） 就
    （C） 再
    （D） 還

12. （A） 簡直
    （B） 從來
    （C） 一直
    （D） 根本

13. （A） 以上
    （B） 以內
    （C） 以外
    （D） 以下

14. （A） 上下
    （B） 差不多
    （C） 左右
    （D） 差一點

15. （A） 哪裡
    （B） 怎麼
    （C） 那裡
    （D） 這麼

（四）

　　我第一個學期的中文課在 __16__ 緊張 __16__ 愉快的氣氛下結束了，緊張的是最後的考試，__17__ 有中文讀和寫的考試，__17__ 要考中文的聽力跟說話能力；還好，__18__ 我不是非常滿意自己的成績，__18__ 老師說我表現得還不錯。愉快的是，我們班七個學生是從七個不一樣的國家來的，大家正好可以 __19__ 這個機會，多了解一些彼此國家的文化和生活習慣。我們 __20__ 決定：下個學期還要在同一個班上課，這不是一件讓人非常愉快的事嗎？

16. （A） 既……又……
　　（B） 也……也……
　　（C） 連……帶……
　　（D） 還……還……

17. （A） 還……還……
　　（B） 也……而且……
　　（C） 不但……也……
　　（D） 與其……不如……

18. （A） ㄨㄨ……但是……
　　（B） 雖然……ㄨㄨ……
　　（C） 雖然……不過……
　　（D） 就算……但是……

19. （A） 用
　　（B） 趁
　　（C） 靠
　　（D） 約

20. （A） 還是
　　（B） 居然
　　（C） 而且
　　（D） 甚至

閱讀理解

（第21~50題）

說明：在這一部分，請閱讀材料或短文，並根據內容回答幾個問題。

例題如下：

　　每天我要到許多地方去，也會遇到很多人。有些人喜歡叫我「左轉」、「右轉」、「停」；有些人會把髒東西留在我的車上。不過也有一些不錯的人，可以從他們身上學到很多東西，所以我也交了好幾個朋友。真是什麼樣的人都有啊！

6. 寫文章的人可能是做什麼工作的？

(A) 教書
(B) 賣汽車
(C) 開計程車
(D) 打掃房子

6.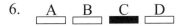

本例子採用國家華語測驗推動委員會的模擬試題說明

（一）

21. 這是一張報紙上的道歉啟事，為什麼道歉？

（A） 因為陳怡君不小心咬傷了王其業

（B） 因為陳怡君的狗咬傷王其業的狗

（C） 因為陳怡君的狗咬傷王其業的弟弟

（D） 因為陳怡君的狗咬傷王其業和他弟弟

（二）

品名：張媽媽豬肉白菜冷凍水餃（熟食）
材料：豬肉、麵粉、高麗菜、鹽、薑、調味料
重量：560g±3%(20個)
食用方式：不需解凍，
　　　　　直接放在微波爐中加熱即可食用。
保存方式：冷藏七天，冷凍（-18℃以下）三個月
製造日期：標示於包裝上

「老實做，安心呷」

張氏食品工業股份有限公司
高雄市左營區大中二路33-8號
電話：07-0912345678

22. 王美美買了這包餃子回家，她該怎麼做才能吃？

（A） 打開包裝就可以吃了

（B） 解凍以後就可以吃了

（C） 放在微波爐加熱就能吃了

（D） 先解凍再微波以後才能吃

23. 如果王美美十二月三十號買了這包餃子，她打算一月中以後再吃，她應該把這包餃子放在哪裡？

（A）廚櫃裡
（B）微波爐裡
（C）冰箱的冷藏室
（D）冰箱的冷凍室

（三）

24. 這座停車場的地下二樓和地下三樓一共可以停幾輛車？

（A）37 輛
（B）29 輛
（C）60 輛 以上
（D）120 輛 以上

25. 你開車到這棟大樓附近吃飯，你的車為什麼不能停地下一樓？因為

（A）那是大樓住戶的停車位
（B）已經停滿車，沒停車位了
（C）停在公用停車位的車輛會被拖吊
（D）外車不可以停室內的公用停車空間

（四）

吉屋出租

四樓公寓
（三房兩廳、兩衛，無電梯）
*鄰近：水源市場、中山國小、
　明倫中學、 新興高中、大成
　高職。

*歡迎午後或週末假日直接來看
　屋，都有人在

*詳細地址請電屋主
*李小姐：0980-123-456或
　02-3333-1234

-房屋仲介勿擾-

26. 如果你想租這個公寓，什麼時候去看房子對房東比較方便？
（A） 不管什麼時間都可以
（B） 禮拜六和禮拜天全天
（C） 星期一到星期五的上午
（D） 給房東打電話約中午時間

27. 你覺得 A、B、C、D 四個人來看房子，誰最適合租這個房子？
（A） 七十二歲的張老先生夫婦
（B） 剛結婚的三十歲高先生夫婦
（C） 二十九歲的單身上班族王小姐
（D） 林先生夫婦和他們十四歲的兒子

（五）

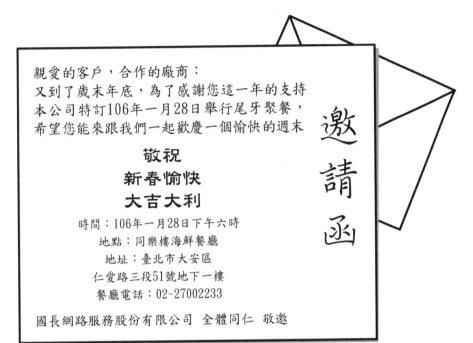

親愛的客戶，合作的廠商：
又到了歲末年底，為了感謝您這一年的支持
本公司特訂106年一月28日舉行尾牙聚餐，
希望您能來跟我們一起歡慶一個愉快的週末

敬祝
新春愉快
大吉大利

時間：106年一月28日下午六時
地點：同樂樓海鮮餐廳
地址：臺北市大安區
仁愛路三段51號地下一樓
餐廳電話：02-27002233

國長網路服務股份有限公司　全體同仁　敬邀

邀請函

28. 這次尾牙聚餐，主人是誰？
（A）同樂樓餐廳
（B）國長公司的客戶
（C）國長網路服務公司
（D）跟國長公司合作的廠商

29. 為什麼要舉行尾牙聚餐？
（A）因為要感謝客戶和廠商
（B）因為要祝大家週末愉快
（C）因為慶祝公司營業一年
（D）因為全體同仁想吃海鮮

（六）

請熟記提款密碼，並勿隨意告訴他人，以保障存款安全。
本卡片請勿折疊或接觸磁性物體。
本卡片請親自使用，遺失或被偷時，請立刻向本行掛失。
如撿獲本卡片請寄臺北郵局第123456信箱。
銀行顧客服務電話(24小時)：0800-123-4567
反詐騙檢舉專線電話：165
總行地址：100 臺北市忠孝西路一段1號十樓

30. 如果你撿到這張提款卡，你最好怎麼做？
（A） 打電話給銀行的客服人員
（B） 打電話到反詐騙檢舉專線165
（C） 把卡片寄到臺北123456號信箱
（D） 把卡片寄到臺北市忠孝西路一段1號十樓

31. 談到這張提款卡，下面哪一個是對的？
（A） 提款卡可以接觸磁性物體
（B） 提款卡被偷了，應該打165的電話
（C） 掛失提款卡，可打08001234567的電話
（D） 這家銀行在臺北市忠孝西路一段1號10樓，別的地方沒有

（七）

　　臺灣朋友跟李天明說：「除非你得了什麼嚴重的病才到大醫院去看，否則在你家附近的小診所看看，拿藥吃吃就可以了。」

32. 李天明朋友說這句話的意思是什麼？
（A）不管病嚴不嚴重都去大醫院看
（B）自己去看看，再決定買什麼藥
（C）告訴他千萬別到小診所去看病
（D）不嚴重的病在小診所看就行了

（八）

　　這家企業找的不是普通的執行長，而是希望找一個既懂產品開發，又了解市場狀況的人才，但是想找這種人哪裡有這麼容易？

33. 這段話主要的意思是什麼？
（A）這家企業不容易找到執行長
（B）這位執行長只要懂產品開發
（C）這位執行長只要了解市場狀況
（D）哪裡都找得到這種條件的執行長

（九）

　　小張一會兒說要念研究所，一會兒又說要找工作，朋友都不知道他到底想做什麼。不過他的好朋友老陳建議他，可以在考上研究所以後，找個晚上兼職的工作，這樣就可以一邊工作，一邊念書了。

　34. 老陳給小張的建議到底是什麼？
（A）先決定好自己到底想做什麼
（B）一邊考研究所，一邊找工作
（C）每天晚上都一邊念書，一邊工作
（D）先考上研究所，再去找打工的工作

（十）

　　漫畫界最大的書展——日本動漫書展將從十一月二十日到二十五日在日本京都舉行，入選今年新加坡漫畫展的陳本英、臺灣第一位得到西班牙馬德里插畫展首獎的李道言，與多次得到國內外漫畫家獎的畫家林桂真，都會代表臺灣參加本屆書展。

　　日本動漫書展已舉辦過 28 屆，今年共有八十六國、一千家以上的出版社參加。規劃書展的日本動漫作家會被視為是世界上最有權威的動畫漫畫競賽組織，臺灣自兩千年至今，連續十四年都有畫家入選，在今年入選的六十七位畫家中，臺灣就佔六位。

35. 負責準備動漫書展的組織是哪一個？
（A）新加坡漫畫展
（B）日本京都出版社
（C）日本動漫作家會
（D）西班牙馬德里插畫展

36. 按照這段新聞，下面哪一個正確？
（A）這次的動漫書展舉行一個星期
（B）今年的日本動漫書展是第 29 屆
（C）臺灣至少有六位畫家參加這次的書展
（D）這個動漫書展是最有權威的動畫漫畫競賽

（十一）

　　兒子和媳婦都在醫院工作，要常常加班、值班，在還沒發生食品安全問題以前，他們就每天帶便當，而不外食了。除了吃得安心，也可以不受時間限制，趁工作的休息時間把便當加熱一會兒，就可以馬上用餐，這樣，比到餐廳吃，或是等外送便當都方便多了。所以碰到他們值班，那天中午、晚上和第二天中午的便當，我都需要幫他們準備。

　　每次碰到這種情況，我都得多花一些精神和時間做菜，因為不能三個便當的菜都一樣吧？還好，他們都喜歡吃青菜，尤其媳婦從小就常吃素；兒子也差不了多少，我常說他吃起青菜來，就像牛一樣自然。市場上各種各樣的青菜、

瓜類、豆類，還有各種豆製品都能滿足「口味、新鮮、自然」的飲食要求。我們最怕颱風天，颱風過後，菜價大漲，有時就買不下手了。

37. 兒子和媳婦每天都帶便當的原因，哪一個文章裡沒提到？
（A）吃得安全、安心
（B）常常加班、值班
（C）自己比較容易控制吃飯時間
（D）比到餐廳吃或訂外送便當便宜

38. 為什麼作者和兒子、媳婦最怕碰到颱風天？因為
（A）不容易買到青菜
（B）得花更多精神和時間來做菜
（C）青菜價錢變貴了，常常買不下手
（D）市場上沒有口味好，又新鮮自然的青菜

（十二）

　　在這個鄉下地方有一種跟城市不一樣的動物生態，在我走過的小街、小巷子裡，很少看見在街上走來走去的狗，但卻有不少貓的影子，甚至有些貓一點也不怕地就從人們身旁走過。問過當地的朋友才知道，這些也都是街貓，而不是人們養在家裡的，牠們自顧自地在路邊攤、餐廳進進出出，帶著一種「求你注意我」的眼神看著顧客，希望他們可憐可憐，丟給牠們一些魚啊、肉啊……什麼的。這些貓普遍都不怕人，但是要靠近牠們、摸牠們卻也不容易。

39. 文章裡談到的貓，是誰養的？
（A）餐廳顧客養的
（B）人們在家裡養的
（C）路邊攤、餐廳老闆養的
（D）牠們並不是什麼人養的

40. 哪一個題目適合這篇文章？

（A） 貓狗的生態

（B） 鄉下的街貓

（C） 不怕人的貓

（D） 路邊攤的貓

（十三）

　　李大明有個好朋友小張，非常愛喝酒，不管星期一到星期五或是週末，只要下了班一有空，就想找李大明去吃東西、喝酒；但是李大明只有在星期五或週末輕鬆的時候，才想跟朋友喝喝酒、聊聊天。

　　有一個星期五晚上，李大明正在加班，小張打電話給他，問他要不要聚一聚？還有兩個好朋友也在餐廳。李大明聽得出來小張是在一個很吵鬧的地方給他打的電話，從小張說話也聽得出來他已經喝了一些酒了。李大明因為工作多，實在走不開，所以他只好對小張說抱歉了，他還提醒小張搭車回家，別自己開車回家，小張在電話裡說：「喝一點沒關係，我知道『喝車不開酒』的！」

　　李大明一聽，嚇了一大跳，他馬上整理一下手邊的工作，趕快跑去那家餐廳，趁小張還走得動的時候把他拉上車，並且開小張的車把他送回家。

41. 李大明哪一天可能跟朋友吃飯、喝酒、聊天？

（A） 星期六

（B） 星期四

（C） 星期三

（D） 星期一

42. 李大明那天晚上為什麼原來不想去餐廳？因為

（A） 那天不是週末

（B） 他覺得餐廳太吵鬧了

（C） 他不喜歡另外兩個朋友

（D） 他的工作很多，得加班

43. 李大明為什麼最後還是去了那家餐廳？因為
（A）他的工作做完了
（B）他也想跟朋友聚聚
（C）他怕小張真的開車回家
（D）他怕小張喝完了酒沒錢付賬

（十四）

　　你家做菜時放味精嗎？不少注意健康的人大概都不放；很多外食族點麵、點炒飯時，也會提醒老闆：「不要加味精。」一提到這種調味料，一般人都有「不健康」的印象──吃了放味精的飯、麵、菜、湯以後，會口渴、頭痛……，網路上甚至還有人說吃味精會導致癌症。但是這些說法值得信任嗎？味精真的一點都不能用嗎？

　　如果你了解味精的成分，就不必擔心它會破壞健康了。過去製造味精，是從海藻、植物加工得到的，而現在大部分是利用澱粉或蔗糖、甜菜製造的。而味精裡主要的化學成分是「麩胺酸鈉」，麩胺酸是一種胺基酸，鈉則是一種電解質，這兩種物質都是我們身體裡本來就有的成分，由此看來，味精中並沒有對人體有壞處的成分。

　　不過，有人吃了放味精的菜，就覺得相當口渴，主要原因是味精裡也有鈉，大概是鹽的三分之一。如果你是外食族或常吃加工食品，都會吃下大量的鹽和味精，這兩者裡面的鈉加起來，就會使血液裡的鈉濃度迅速上升，自然讓人感覺吃完後口乾舌燥，而想一直喝水。

　　因此，一些需要少吃鈉的人，比方：心血管疾病、高血壓、腎臟病患者，不只要少吃鹽，也要少吃味精。

44. 這篇文章提到味精，下面哪一個是對的？
（A）吃味精容易導致癌症
（B）我們的身體並沒有味精裡的成分
（C）味精大都是利用澱粉或植物製造的
（D）一般人有「不加味精不健康」的印象

45. 文章說，味精裡的成分有什麼？
（A）胺基酸與鹽
（B）麩胺酸與鈉
（C）澱粉與電解質
（D）海藻、蔗糖與甜菜

46. 文章說，吃多了味精為什麼會口乾舌燥？
（A）因為血液裡的鈉太多了
（B）因為血壓變高了，所以口渴
（C）因為味精裡的鈉是鹽的三倍
（D）因為心血管病、腎臟病的人就是容易口渴

（十五）

　　由於飲食習慣的改變與醫學發展的進步，人們的年齡越來越長，但是能夠享受天倫之樂的三代同堂家庭卻有逐漸減少的趨勢；而且老人獨居的社會現象也越來越多。

　　對老年人來說，跟自己的兒孫一起生活，是中國社會的傳統。住我家隔壁的趙先生夫妻都已經退休，兒子、女兒也都結婚生子。可是趙太太常抱怨，這麼多兒女，卻沒一個願意住在一起。不過由於兒女成家後還都住附近，每天下午孫子、孫女放學後都會到「爺爺奶奶家」，一邊寫作業，一邊等爸爸、媽媽下班。趙家三代的家人也常在趙先生和趙太太家一邊吃晚飯，一邊聊天、看電視，趙太太有時候會因為太累而嘮叨：「活了大半輩子了，每天還要做這麼多人的晚飯。」但看得出來他們心裡是滿足的。

　　趙先生家每天晚上熱熱鬧鬧的聲音，卻讓對面的許先生夫婦羨慕極了，許先生心裡想，如果兒孫們肯回家，要他每天做三餐他都願意。現在，許先生跟許太太多孤單啊！在現代都市裡，父母和小孩一起住的「小家庭」最多，祖父母和兒女、孫兒住在一起的「三代同堂」家庭少了很多，年輕父母喜歡有自己的生活空間、作息方式，而且大城市房價不斷上漲，大部分的家庭都買不起太大的房子，因此社會上就多了許多獨居老人。

47. 這篇文章談到關於「三代同堂」，下面哪一個是對的？
（A）許多老人寧可獨居，也不要三代同堂
（B）由於飲食習慣改變，所以三代同堂減少了
（C）兒女成家後，與父母家離得太遠，所以不能三代同堂
（D）三代的生活空間、作息時間不同，所以三代同堂減少了

48. 趙太太最大的抱怨是什麼？
（A）子女都不願意跟他們同住
（B）兒子、女兒都結婚生子了
（C）每天做全家晚飯讓她很累
（D）沒辦法好好享受天倫之樂

49. 根據這篇文章，為什麼在現代都市裡，「三代同堂」家庭少了很多？
（A）因為結婚的人有逐漸減少的趨勢
（B）因為房價高，很多人買不起大房子
（C）因為祖父母希望有自己的生活方式
（D）因為許多人不喜歡做全家人的三餐

50. 許先生夫婦為什麼羨慕趙先生家的情形？
（A）因為許先生夫婦沒子女
（B）因為許先生還不能退休
（C）因為趙太太可以天天做晚飯
（D）因為趙家兒孫每天一起吃晚飯

華語文能力測驗

進階高階級模擬練習題（第二回）

作答注意事項：

一、這個題本一共有 50 題，考試時間為 60 分鐘。

二、所有的答案必須寫在答案卡上，寫在題本上的答案將不算成績。

三、每一題都有四個選項，請選出一個正確答案，多選者是為錯誤。

四、考試開始後，不得任意離場。若有任何疑問，請舉手，監試
人員會到你身旁。

五、考試結束，請將題本和答案卡放在桌上。等待監試人員收卷、清點完畢後，
才能離場。

選詞填空

（第 1~20 題）

說明：在這一部分，每一段短文有幾個空格，每個空格有四個選項，請選出
正確的答案完成短文。

例題如下：

　　我的好朋友大華在台北的一家餐廳工作，平常 ___1___ 我去那兒吃飯，
他一定會請我喝一杯 ___2___。那兒的菜不__3__便宜，但是很好吃，但是
很好吃，我常常跟朋友在那兒 ___4___ 吃飯、 ___5___ 聊天，感覺很不錯。我
跟大華說，我也想要去那兒工作。

1. (A) 只有 (B) 只要 (C) 就要 (D) 還是

1. 　A　　B　　C　　D　　（第 2-5 題省略）

本例子採用國家華語測驗推動委員會的模擬試題說明

（一）

　　家具展已經舉行了三天了，但是顧客 __1__ 不多，主辦單位認為， __2__ 經濟大環境不景氣以外，最近天氣寒冷，雨一直下個不停 __3__ 是影響大家來參觀的重要原因。在臺灣北部 __4__ 濕 __4__ 冷的冬天裡，大家都 __5__ 待在家裡，也不想出門。

1. （A）　常常
　 （B）　從來
　 （C）　一直
　 （D）　向來

2. （A）　不但
　 （B）　因為
　 （C）　就算
　 （D）　除了

3. （A）　也
　 （B）　還
　 （C）　卻
　 （D）　可

4. （A）　又……又……
　 （B）　既……既……
　 （C）　也……也……
　 （D）　還……還……

5. （A）　即使
　 （B）　寧可
　 （C）　不如
　 （D）　與其

（二）

　　在智慧型手機還不普遍以前，朋友們聚會時，常常 __6__ 吃飯 __6__ 聊天，兩、三個小時不知不覺就過去了，不但氣氛輕鬆、自在，也可以增加彼此的感情。但是現在 __7__ 不一樣了， __8__ 手上一支智慧型手機，聚餐時，不是忙著給送上桌的餐點拍照，就是趕快在臉書上「打卡」；就算開始吃了以後，大家也常 __9__ 吃東西， __9__ 低頭看手機，真的跟朋友面對面聊天的時間還 __10__ 看手機的時間長，這是不是智慧型手機帶給大家的壞處呢？

6. （A）　既……又……
　 （B）　連……帶……
　 （C）　還……還有……
　 （D）　不但……而且……

7. （A）　可
　 （B）　又
　 （C）　並
　 （D）　也

8. (A) 全部
   (B) 自己
   (C) 人人
   (D) 每隻

9. (A) 一邊……一邊……
   (B) 一起……一起……
   (C) 一下子……一下子……
   (D) 一方面……一方面……

10. (A) 比較
    (B) 不像
    (C) 好像
    (D) 不如

（三）

　　__11__ 大學教授的研究，臺灣過十五年就會 __12__ 高齡化社會了。到那個時候，六十五歲以上的老人會佔總人口的百分之十五 __13__ ，不到五十五歲的青壯年工作人口的經濟負擔會比現在重得多，而且這種情況會越來越明顯。教授們建議，__14__ 降低高齡化社會造成的各種問題，比方：老人照顧、健康保險、社會福利……等，政府應該 __15__ 早訂出完善的法律 __15__ 好。

11. (A) 根據
    (B) 按照
    (C) 說到
    (D) 關於

12. (A) 變得
    (B) 變化
    (C) 變成
    (D) 改變

13. (A) 前後
    (B) 上下
    (C) 多少
    (D) 強弱

14. (A) 由於
    (B) 為了
    (C) 因為
    (D) 於是

15. (A) 又……又……
    (B) 再……也……
    (C) 既……又……
    (D) 越……越……

（四）

　　中山一成 ＿＿16＿＿ 是日本人， ＿＿16＿＿ 他很愛吃臭豆腐， ＿＿17＿＿ 有機會，他 ＿＿17＿＿ 會去試試每個小吃攤賣的臭豆腐。他也會 ＿＿18＿＿ 其他日本朋友推薦臭豆腐，他說，臭豆腐的味道可能聞起來怪怪的，但吃起來 ＿＿19＿＿ 不臭；他還解釋，就像日本的納豆一樣，有人認為味道怪，卻也有很多人愛吃，所以下次 ＿＿20＿＿ 賣臭豆腐的攤子，就點一盤吧！

16. （A） 不但……而且……
　　（B） 雖然……可是……
　　（C） 即使……不過……
　　（D） 因為……所以……

17. （A） 趁……就……
　　（B） 一……才……
　　（C） 只要……才……
　　（D） 只要……就……

18. （A） 跟
　　（B） 幫
　　（C） 對
　　（D） 與

19. （A） 也
　　（B） 還
　　（C） 並
　　（D） 又

20. （A） 經過
　　（B） 碰見
　　（C） 看上
　　（D） 穿過

閱讀理解

（第21~50題）

說明：在這一部分，請閱讀材料或短文，並根據內容回答幾個問題。

例題如下：

　　每天我要到許多地方去，也會遇到很多人。有些人喜歡叫我「左轉」、「右轉」、「停」;有些人會把髒東西留在我的車上。不過也有一些不錯的人，可以從他們身上學到很多東西，所以我也交了好幾個朋友。真是什麼樣的人都有啊！

6. 寫文章的人可能是做什麼工作的？

(A) 教書
(B) 賣汽車
(C) 開計程車
(D) 打掃房子

6.　A　B　**C**　D

本例子採用國家華語測驗推動委員會的模擬試題說明

（一）

FOR COFFEE LOVERS

CAFE

2月18日 與您一起迎接開工吉日
開工好友分享日

2016/2/18 開店～晚上八點以前
只要購買兩杯大小/冰熱/口味都
一樣的咖啡飲料，其中一杯由我
們咖啡店招待

注意事項：
1.這項活動不得與其他折扣合併。
2.每人每次最多買2送2。

21. 王大文二月十八號中午在這家店買了一杯大杯冰咖啡（100元）和一杯
大杯熱咖啡（80元），他一共付多少錢？
（A）80元
（B）90元
（C）100元
（D）180元

22. 在舉行活動時，一個人怎麼買咖啡最划算？
（A）四杯大杯熱咖啡
（B）五杯大杯冰咖啡
（C）兩杯大杯冰咖啡和兩杯中杯熱咖啡
（D）三杯大杯熱咖啡和兩杯中杯冰咖啡

（二）

23. 你認為這個牌子應該放在什麼地方？

（A）海邊

（B）河邊

（C）馬路邊

（D）游泳池邊

24. 這個牌子是什麼人做的？

（A）縣政府

（B）鄉公所

（C）遊客們

（D）警察局

（三）

25. 停車的時候，為什麼要關掉引擎？
（A）因為對汽車的引擎比較好
（B）因為等的時間不到三分鐘
（C）因為對學生們的健康比較好
（D）因為臺南市政府關心學生行走安全

26. 這張海報說汽車可以停在人行道上嗎？為什麼？
（A）可以，因為方便學生上車
（B）不可以，因為影響學生走路的安全
（C）可以，因為市政府關心大家的安全
（D）不可以，因為汽車引擎對學生不健康

（四）

品名：黑胡椒牛肉乾
原料：精選牛肉、醬油、糖、黑胡椒、調味料
淨重：100公克
保存期限：（未開封）180天
有效日期：標示於包裝正下方
保存條件：常溫保存、避免高溫、日照，開封後請盡快食用完畢。
原產地：台灣
過敏原資訊：本產品醬油含大豆、小麥及花生成分。

營養標示
每一份量20公克 本包裝含5份

	每份	每100公克
熱量	68大卡	342大卡
蛋白質	6.6公克	33.2公克
脂肪	1.9公克	9.6公克
飽和脂肪	1.0公克	5.2公克
反式脂肪	0公克	0公克
碳水化合物	6.1公克	30.7公克
糖	3.9公克	19.4公克
鈉	236毫克	1,180毫克

27. 有過敏問題的人要注意什麼？
（A）對辣椒過敏的人不要吃
（C）對小麥過敏的人可以吃
（B）對蛋白質過敏的人可以吃
（D）對花生過敏的人不可以吃

28. 談到這張食品資訊，下面哪一個是對的？
（A）沒打開包裝的牛肉乾一定要放在冰箱裡
（B）一次吃完這包牛肉乾可以得到三百大卡以上的熱量
（C）我們不知道生產這包牛肉乾的工廠在中國，還是在臺灣
（D）有個人一月一號打開這包牛肉乾吃，他可以吃到七月一號

（五）

內部改裝 暫停營業
台北大安一店內部改裝時間：
3月2日至3月9日
預訂重新開幕時間：
3月10日10:00

如有需要，歡迎至附近分店
＊大安二店 或 ＊和平店 用餐，謝謝

大安二店:和安路二段178號(02-2712-3456)
平和店:平和東路三段5巷8號(02-2398-7654)

MAMA'S
mamasnoodle.com

29. 這家店為什麼暫停營業？因為
（A） 要準備新的店開幕
（B） 服務員要換新的服裝
（C） 這幾天的位子都預訂光了
（D） 這家店的裡面要重新整理整理

30. 談到這張海報，下面哪一個是**錯的**？
（A） 這家店三月二號才搬到這裡
（B） 大安一店附近還有兩家分店
（C） 這家店暫停營業的時間有八天
（D） 這張海報會貼在大安一店的門上

（六）

　　幸虧剛剛下大雪，飛機才因此誤點兩個鐘頭，要不然我們就趕不上飛機了。

31. 這句話的意思是什麼？
（A）飛機誤點兩個小時很糟糕
（B）因為飛機誤點，所以趕上了飛機
（C）因為下大雪，所以他們沒趕上飛機
（D）要是沒下大雪，他們就趕上飛機了

（七）

　　碗和筷子是中國人最重要的餐具，吃飯的時候，應該一手拿著碗，一手拿著筷子；而且不能用筷子指著別人，這樣非常不客氣，也不可以用筷子敲碗、盤子和飯桌。要是暫時離開自己的座位，要把筷子輕輕放在桌子上或是碗旁邊，不能插在飯碗裡。

32. 這裡哪一個符合用碗和用筷子的規矩？
（A） 用筷子告訴別人，要他多吃一點
（B） 把筷子插在碗裡，表示還沒吃完
（C） 吃飯時，右手拿著碗，左手拿著筷子
（D） 用筷子輕輕敲碗，表示暫時離開位子

（八）

　　雖然受歡迎的程度有些不一樣，但是全世界沒有一個國家不買這家公司的手機。他們手機在市場上的銷售情況和在功能方面的進步與實用，大概沒有一家公司的產品比得上的。

33. 這家公司的手機怎麼樣？
　（A）銷售情況不比其他公司好
　（B）跟別的公司的手機一樣實用
　（C）在功能上比別的公司的手機進步
　（D）在一些國家受歡迎、一些國家不受歡迎

（九）

　　珍珠奶茶店的店員跟顧客說：「我們的珍珠奶茶外送服務只有中山區，中山區以外的地方，很抱歉……」
　　顧客生氣地說：「算了！算了！」

34. 這家珍珠奶茶店的外送服務怎麼樣？
　（A）什麼地方都外送
　（B）他們並沒有外送服務
　（C）中山區以外的地方也送
　（D）中山區以內的地方才送

35. 顧客的意思是什麼？
　（A）不住中山區，也不訂珍珠奶茶了
　（B）他住中山區，但是不訂珍珠奶茶了
　（C）不住中山區，但是還是希望這家店外送
　（D）他住中山區，要這家店算算一共多少錢

（十）

　　按照歐洲的傳統文化，男的穿皮鞋時得擦鞋油，但如果黑色的鞋油沾到白襪子，看起來黑黑的，就會破壞一個人的服裝美觀。這種想法一直保持到現在，就變成了大家都接受的「黑皮鞋不能配白襪」的「規矩」。

　　這種穿衣文化從英國開始，慢慢影響到其他國家的穿衣習慣，現在已經成為一種國際的慣例了。但是也有中國人認為，中國傳統服裝的觀念是「青衣、白襪、黑靴」，「黑白分明」是一種特別的東方美，就像太極圖的陰陽一樣，為什麼今天就不能接受了呢？

36. 歐洲人認為，黑皮鞋不能配白襪最主要的原因是什麼？
（A）歐洲人的規定
（B）英國人的傳統
（C）黑鞋油容易弄髒白襪
（D）這麼穿會破壞服裝美觀

37. 文章裡說，中國傳統的黑白搭配怎麼樣？
（A）那是一種現代的東方美
（B）只出現在太極的陰陽圖上面
（C）會影響到其他國家的穿衣習慣
（D）受歐洲文化影響，大家已經不接受了

（十一）

　　王先生去年四十歲了，最近打算換工作，他原來是推銷學校教室設備的，但是現在臺灣的中、小學學生人數一直減少，再加上學校的預算也控制得很嚴格，他覺得工作的發展性不大，所以想嘗試新的工作。

　　他在找工作的網站上上傳了自己的履歷表，可是一直沒消息；過了兩個星期左右，他又把履歷表用電子郵件寄給十一、二家正在找人的公司，有餐飲方面的、保險公司，還有食品製造公司。兩、三天以後，有八家公司給他回信，六家說他的年紀不太適合公司的要求，一家公司說他要求的薪水，他們公司可能付不起，還有一家公司說他們已經找到合適的人了。

　　王先生很失望，他沒想到這個年紀找工作這麼難，難怪新聞媒體常說「中年轉業」是人生很大的挑戰。他想想，還好他沒先跟老闆說他不做了，「一動不

如一靜」，雖然現在的情況不見得讓人滿意，但最少是自己很有經驗的工作，所以他告訴自己：還是做下去吧！

38. 王先生為什麼想換工作？因為他
（A）已經四十多歲了
（B）就是想嘗試新工作
（C）覺得工作沒新的發展
（D）認為學校買不起新的設備

39. 這些公司為什麼不約他面談？因為
（A）他的年紀太大了
（B）他寄履歷表的時間太晚了
（C）他們沒收到他寄的履歷表
（D）他的工作經驗不適合餐飲或保險公司

40. 文章說的「一動不如一靜」是什麼意思？
（A）換工作不如繼續做現在的工作
（B）動來動去的活動沒有安靜的活動好
（C）與其主動跟老闆說，不如等老闆開口
（D）寄履歷表去找工作不如等別的公司來找自己

（十二）

　　溫室效應已經成為現在環境研究方面最熱門的問題了，大家也都了解：如果溫室效應不解決的話，會給全世界的環境帶來可怕的後果。但是，就算社會大眾都知道問題的嚴重性，又有多少人願意為環境問題負一些責任呢？專家們建議政府及民眾可以推廣下面這些措施。

　　第一、少開車或是駕駛油電混合動力車，因為一輛車產生的二氧化碳跟一棟房子是差不多的。

　　第二、淘汰家裡太舊的冰箱和其他電器產品。節省雖然好，但是又老又舊的冰箱非常浪費電，其實一點也不環保。

　　第三、鄉村地區應該多種樹，除了可以讓空氣更清新以外，樹木也具有保持土地裡水份的效果。

　　第四、太陽能也是一種環保能源，使用太陽能的家庭可以節省下一大筆瓦斯費或是電費，所以在這麼熱的臺灣，最好每個家庭都考慮裝太陽能熱水器。

第五、盡量使用有機並且可以回收的產品，這麼做不但對自己的健康有好處，也可以減輕地球的負擔。

第六、買賣或利用二手家具，不過別買老舊的二手電器。另外，在外面吃飯，最好用自己準備的筷子，而不要用免洗筷子。總而言之，很多東西夠用就好了，要不然家裡常常東一件、西一個，只會變成更大的浪費。

由於人類大量使用石油能源，使得溫室效應對地球環境造成嚴重的污染，因此世界各國與國際環保團體一直利用傳播媒體，希望增加大家對減少溫室氣體觀念的認識。

對一個地球公民來說，最方便而且可以直接做到的事情，就是建立環保消費的觀念；就讓我們從現在開始，做到以上所說的事情吧！

41. 這篇文章談到關於「溫室效應」，下面哪一個是對的？
（Ａ） 會給全世界的環境帶來可怕的後果
（Ｂ） 社會大眾都願意對環境問題多負一些責任
（Ｃ） 環境專家正在研究，但還沒找出有效的措施
（Ｄ） 只有少部分的社會大眾了解這個問題的嚴重性

42. 根據這篇文章，這裡說的四件事情，哪一個是**錯的**？
（Ａ） 盡量使用有機而且可以回收的產品
（Ｂ） 最好每個臺灣家庭都考慮裝太陽能熱水器
（Ｃ） 淘汰老舊的冰箱、電器，多利用二手家具
（Ｄ） 鄉村地區應該多種樹，好拿來做家具和筷子

43. 根據這篇文章，各國政府與國際環保團體一直利用傳播媒體來做什麼？
（Ａ） 快一點找出代替石油的新能源
（Ｂ） 增加大家對溫室效應問題的認識
（Ｃ） 讓地球公民建立環保消費的觀念
（Ｄ） 希望一般人做到文章裡談的幾種措施

（十三）

消費者保護協會上週接到一位大學教授的申訴，因為他的新手機拍的照片沒有辦法存入電腦，他覺得是手機軟體有瑕疵，另外，大小和顏色也和廣告上不一樣，因此要求銷售公司退換。賣手機的公司是一家叫「有機工業」的網路商

店，這位大學教授按照網頁登的電子郵件信箱寫信給他們，沒想到信都被退回來了；他又打電話到那家商店，那個號碼居然是一所兒童醫院的。他覺得自己上當了，只好向消費者保護協會申訴。

消保會表示，一般來說，像這樣的消費糾紛，每個月都會接到十五件左右，因此該協會再三提醒大家，在網路商店買東西前，最好要查證這家網路商店是否有實體辦公室。除了這點以外，因為在網路上買賣商品，並沒有書面的訂貨單或是合約，所以最好把訂貨和付款資料存在自己的電腦裡，免得發生糾紛時，拿不出證明資料。

經消保會調查的結果，這的確是詐騙行為，這位大學教授只好拿著這支有瑕疵的手機到警察局去報案，希望警察幫忙抓到這家可惡的網路店的老闆，否則只好自認倒楣了。

44. 大學教授向消費者保護協會申訴最主要的原因是什麼？
（A）他一直沒辦法聯絡上有機工業網路商店
（B）手機大小和顏色跟網路廣告上的不一樣
（C）手機軟體有瑕疵，照片不能存在電腦裡
（D）有機工業網路商店偷用兒童醫院的電話

45. 消費者保護協會提醒大家，在網路商店購買東西時，最好留下什麼資料？
（A）書面的訂貨單或是合約
（B）訂貨和付款的購買資料
（C）實體辦公室的電話或地址
（D）網路商店的電子郵件及聯絡電話

46. 這位教授在向消保會申訴後，做了什麼？
（A）自認倒楣地回家了
（B）帶著手機到警察局報案
（C）自己去找網路商店的老闆
（D）再三請求消保會幫忙處理

（十四）

　　「人不理財，財不理你」的道理大家都知道，但是現代媽媽們差不多把所有的時間都給了工作和家庭，要怎麼樣利用時間好好理財，就成為一個很重要的課題。銀行投資專家建議，應該先從認識比較清楚的投資方式開始；一方面學習理財，一方面到股票、共同基金或公債市場裡，從少量的資本投資起，慢慢操作。

　　至於不同角色的現代媽媽應該怎樣處理好理財問題呢？專家又說，如果妳是一位家庭主婦的話，在投資計畫上，應該保守一點，建議最好把三分之一以上的錢，投資到容易換成現金或是操作時間較短的理財產品上，比如股票或是基金。而且由於家庭主婦的經濟收入主要是先生的薪水，為了怕先生發生什麼傷害而造成家庭經濟困難，最好拿出一部分錢替先生和家人買保險。

　　職業婦女則可以多多利用網路銀行或電話銀行來處理投資的事情，好節省時間多跟先生與孩子在一起。在理財計畫方面，長期投資的產品才是最佳選擇。此外，由於職業婦女在外時間長，消費機會跟著增加，因此專家建議她們少刷信用卡，多用現金結帳，並且養成記帳習慣，以達到節省支出的目的。

　　辛苦工作了幾十年的媽媽，因為孩子都已經長大、獨立，而且有自己的工作了，這些媽媽的投資觀念最好是注意到「安全」、「穩定」和「保值」這三件事，每個月或每年，都有一定的利息收入是第一個要考慮的權益，比方投資公債或是銀行存款。如果年輕時買了一些終身保險的保單，此時就是享受保險帶來福利的時機了，每個月獲得固定的還本金，對維持老年的生活水準也有一定的幫助。

47. 根據這篇文章，現代媽媽們很重要的課題是什麼？
（A）了解銀行投資專家的建議
（B）怎麼樣利用時間好好理財
（C）把所有的時間給工作和家庭
（D）學習如何把錢投資在公債市場

48. 按照這篇文章所說，家庭主婦應該有怎麼樣的投資理財計畫？
（A）拿先生全部的薪水去投資
（B）操作時間較短的理財產品
（C）拿三分之一的錢去投資公債
（D）拿三分之二的錢幫先生和孩子買保險

49. 從這篇文章說的看起來，職業婦女應該有怎麼樣的投資計畫？
（A）投資長時間的理財產品
（B）刷信用卡，以達到節省支出的目的
（C）多利用銀行的網站幫自己養成記帳習慣
（D）節省跟先生與孩子在一起的時間，用來理財

50. 根據這篇文章，年紀大的媽媽應該有怎麼樣的投資計畫？
（A）投資股票或是基金是最好的選擇
（B）投資一些有終身保險功能的保單
（C）考慮安全、穩定和保值這三件事
（D）把錢存在銀行，獲得固定的還本金

華語文能力測驗

進階高階級模擬練習題（第三回）

作答注意事項：

一、這個題本一共有 50 題，考試時間為 60 分鐘。

二、所有的答案必須寫在答案卡上，寫在題本上的答案將不算成績。

三、每一題都有四個選項，請選出一個正確答案，多選者是為錯誤。

四、考試開始後，不得任意離場。若有任何疑問，請舉手，監試人員會到你
身旁。

五、考試結束，請將題本和答案卡放在桌上。等待監試人員收卷、清點完畢後，
才能離場。

選詞填空

（第 1~20 題）

說明：在這一部分，每一段短文有幾個空格，每個空格有四個選項，請選出
　　　正確的答案完成短文。

例題如下：

　　我的好朋友大華在台北的一家餐廳工作，平常 ___1___ 我去那兒吃飯，
他一定會請我喝一杯 ___2___ 。那兒的菜不___3___ 便宜，但是很好吃，但是
很好吃，我常常跟朋友在那兒 ___4___ 吃飯、 ___5___ 聊天，感覺很不錯。我
跟大華說，我也想要去那兒工作。

1. (A) 只有 (B) 只要 (C) 就要 (D) 還是

1.　A　B　C　D　（第 2-5 題省略）

本例子採用國家華語測驗推動委員會的模擬試題說明

（一）

　　王玉華最近的工作不太順利，　1　被老闆叫到辦公室罵一頓，　1　跟同事的關係上發生一些問題。　2　她正在考慮換工作的事，但是她的朋友們都勸她最好再想想，因為現在經濟不景氣，工作難找；　3　，工作上的想法跟老闆不一樣時，只要多溝通就能解決了，何必辭職呢？跟同事的關係處理好　4　不難，如果真的改善不了，　5　離職，　5　「公事公辦」，少受情緒的影響。

1.　（A）　不是……而是……
　　（B）　不是……就是……
　　（C）　雖然……但是……
　　（D）　一會兒……一會兒……

2.　（A）　因此
　　（B）　於是
　　（C）　因為
　　（D）　為了

3.　（A）　所以
　　（B）　甚至
　　（C）　如果
　　（D）　再說

4.　（A）　又
　　（B）　並
　　（C）　可
　　（D）　很

5.　（A）　不但……而且……
　　（B）　最好……否則……
　　（C）　與其……不如……
　　（D）　寧可……也要……

（二）

　　臺灣　6　西太平洋地區，這裡平地的氣候，夏天　7　濕熱，冬季不算冷，北部的氣溫最低也差不多都在十度　8　。但是臺灣也正好在颱風經過的範圍裡，　9　這裡也是太平洋地震帶，所以颱風和地震常常給臺灣　10　一些災害。

6.　（A）　位置
　　（B）　在於
　　（C）　置於
　　（D）　位在

7.　（A）　比
　　（B）　比較
　　（C）　比不上
　　（D）　比起來

8. （A） 內外
   （B） 冷熱
   （C） 前後
   （D） 上下

9. （A） 就算是
   （B） 想不到
   （C） 再加上
   （D） 甚至於

10. （A） 帶來
    （B） 帶上
    （C） 帶到
    （D） 帶去

（三）

　　上星期，陳大明過三十歲的生日，他請好朋友們到一家KTV慶祝生日，一共去了九個人。他們在那裡 ＿＿11＿＿ 唱歌、 ＿＿11＿＿ 吃東西，玩得相當開心。算賬的時候，他們 ＿＿12＿＿ 吃喝 ＿＿12＿＿ 唱歌，花了九千多塊，陳大明原來要刷卡付錢，但是不知道怎麼了，他的信用卡不能刷， ＿＿13＿＿ 刷了四、五次都沒反應，服務員告訴他可能是他的卡片有問題；不過， ＿＿14＿＿ 他下班時順便去銀行提了一萬塊錢，所以他就用現金付了錢， ＿＿15＿＿ 還請朋友先幫他付錢就太沒面子了。

11. （A） 還……還……
    （B） 又……又……
    （C） 也……也……
    （D） 既……既……

12. （A） 連……帶……
    （B） 先……再……
    （C） 既……又……
    （D） 有……有……

13. （A） 總是
    （B） 繼續
    （C） 一連
    （D） 不斷

14. （A） 虧了
    （B） 幸運
    （C） 還是
    （D） 幸虧

15. （A） 不但不
    （B） 不得不
    （C） 要不然
    （D） 要不是

（四）

　　王定一最近發現自己跑步運動的時候，常常跑著跑著 __16__ 累得非得停下來休息不可，而且只是以前跑步距離的一半，有時候 __17__ 三分之一而已。他懷疑自己是不是得了什麼嚴重的病，__18__ 去醫院檢查。過了一個星期，看報告的時候醫生說，他的身體還算健康，不過應該了解一件事，他已經七十歲了，體力當然 __19__ 年輕的時候好，因此運動種類和運動量都要考慮清楚，也要控制好，__20__ 不會對身體造成嚴重影響。

16. （A）才
　　（B）就
　　（C）再
　　（D）已

17. （A）寧可只
　　（B）沒想到
　　（C）就算是
　　（D）甚至是

18. （A）終於
　　（B）而且
　　（C）於是
　　（D）由於

19. （A）沒比
　　（B）不比
　　（C）比不得
　　（D）比不了

20. （A）才
　　（B）還
　　（C）並
　　（D）再

閱讀理解

（第21~50題）

說明：在這一部分，請閱讀材料或短文，並根據內容回答幾個問題。

例題如下：

　　每天我要到許多地方去，也會遇到很多人。有些人喜歡叫我「左轉」、「右轉」、「停」；有些人會把髒東西留在我的車上。不過也有一些不錯的人，可以從他們身上學到很多東西，所以我也交了好幾個朋友。真是什麼樣的人都有啊！

6. 寫文章的人可能是做什麼工作的？

(A) 教書
(B) 賣汽車
(C) 開計程車
(D) 打掃房子

6.　A　B　C　D

本例子採用國家華語測驗推動委員會的模擬試題說明

（一）

一、本停車場僅供停車，不負責車輛保管責任。

二、駕駛人請小心停車，注意自身財物安全。

三、停車場開放時段：六時至二十三時。國定例假日照常營業。

21. 如果有人把車停在這處停車場，可是車上的東西被偷了，是誰的責任？
（A）警察
（B）駕駛人
（C）停車場
（D）保險公司

22. 這處停車場的營業時間是什麼時候？
（A）全年、整天都營業
（B）只有週末和國定假日營業
（C）每天早上六點到晚上十一點營業
（D）除了例假日整天營業，平常六點到二十三點營業

（二）

安心綜合醫院
Carefree General Hospital

日　　期：2017.4.28	病歷號碼：000007
姓　　名：王文華	領藥號：012
性別／年齡：男/17歲2個月	要袋數：1之1

用法用量：（口服藥）每天3次，三餐飯後，每次1錠
處方天數：3 日

藥　　名：立停疼錠500mg
發 藥 量：9 錠
外　　觀：白色圓形
藥物作用：解熱、止痛（關節痛、肌肉痛、神經痛、牙痛、頭痛之舒緩）
注意事項：可與食物或牛奶一起服用，懷孕女性不可服用，吃藥後不可飲酒，部分病人可能出現拉肚子、頭暈等副作用，避免駕駛車輛。

處方醫師：王秋華醫師　　　　就診科別：家庭醫學科
調劑藥師：張明真藥師　　　　調劑櫃檯：
核對藥師：王心怡藥師

請核對姓名、藥袋總數、藥品名稱、外觀及數量
並注意有效期限，未標示者為三個月

23. 說到「立停疼」這種藥，下哪一個是對的？
（A）每天三次，八小時吃一次
（B）可以在早餐喝牛奶的時候一起吃
（C）公車司機吃過藥以後應該馬上工作
（D）懷孕的媽媽吃過藥以後可能會拉肚子

24. 談到這張藥袋資訊，下面哪一個是**錯的**？
（A）病人是十七歲的王文華
（B）王秋華是家庭醫學科的醫生
（C）王文華之所以去看病，可能是因為牙痛
（D）王文華這次去家庭醫學科看病，除了「立停疼」，他還拿了別的藥

（三）

25. 新郎和新娘姓什麼？

　（Ａ）　新郎姓陳，新娘姓張

　（Ｂ）　新郎姓王，新娘姓林

　（Ｃ）　新郎姓長，新娘姓次

　（Ｄ）　新郎姓王，新娘姓陳

26. 談到這張喜帖，下面哪一個是**錯的**？

　（Ａ）　新娘還有一位姊姊

　（Ｂ）　新娘的媽媽還沒結婚以前姓張

　（Ｃ）　舉行結婚的這天，端午節已經過了

　（Ｄ）　新郎、新娘父母希望客人全家都來吃喜酒

（四）

台灣常見的熱帶魚

發 行 人 / 王大年
編　　者 / 陳文山
攝　　影 / 王信義、李功權、高清原、張玉蓮、黃際祥（以姓氏筆畫排名）
美術編輯 / 章海光
出 版 社 / 大師出版社
地　　址 / 106 臺北市大安區和平一路127-3號六樓
印　　刷 / 明華印刷股份有限公司
法律顧問 / 程安時律師事務所
出　　版 / 第二版2015.11.30
　　　　　第一版2012.6.1

版權所有，翻印必究
訂價：新台幣500元整
如有缺頁、破損、倒裝，請寄回本出版社更換

27. 王小姐買了這本書，回家看了以後才發現第59、60頁是空白的，她該找誰
換書？
（A）大師出版社
（B）發行人王大年
（C）明華印刷公司
（D）程安時律師事務所

28. 談到這本書，下面哪一個是對的？
（A）寫這本書的人是章海光
（B）這本書2012年就出版了
（C）這本書主要是推銷熱帶魚
（D）這本書的照片都是陳文山照的

（五）

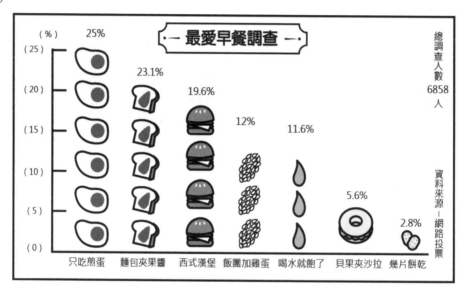

29. 根據這張吃早餐習慣的統計圖，我們知道什麼？
（A）有百分之三十五以上的人會吃蛋
（C）吃漢堡和貝果的人比吃麵包的人少一點
（B）因為怕胖所以不吃早餐的人不到百分之十
（D）吃中式早餐的人比吃西式早餐的人多很多

30. 談到這張統計圖，下面哪一個是**錯的**？
（A）這是利用網路所做的調查
（B）這次調查的人在七千人以下
（C）有一成多的人早上只喝水，不吃早飯
（D）有百分之一以上的人沒表示他們的意見

（六）

　　不少日本人認為，跟日本比較起來，臺灣的便利商店並不比日本的多；可是到臺灣的便利商店，顧客除了買東西以外，還可以利用提款機提錢、繳各種的費用，像稅、學費、停車費、水電和電話費，也可以買各種車票、洗衣服、拿網站上購買的東西……什麼的。這大概就是其他國家便利商店比不上的地方了。

31. 文章說，日本人認為臺灣的便利商店：
（A）比日本的便利商店多
（B）很多地方沒有其他國家的便利
（C）除了買東西，還能做很多別的事
（D）比不上日本和其他國家的便利商店

（七）

　　為了減輕壓力而吸毒的人沒有因為好奇而吸毒的人多；可是為了買毒品而偷錢的人卻比因為沒錢吃飯而偷錢的人多得多。

32. 這句話認為：
（A）不少吸毒的人是因為好奇
（B）沒錢吃飯所以偷錢的人最多
（C）偷錢的人大部分是為了買毒品
（D）為了減輕壓力而吸毒的人比買毒品的人多

（八）

　　舞臺劇《李小龍》的導演原來打算讓我演李小龍，但是最後決定換演員。導演對我說：「雖然你的功夫很有李小龍的味道，但是我覺得你長得不夠帥，我怕觀眾不喜歡你。」

33. 這段話主要的意思是什麼？
（A）我為什麼不想演李小龍
（B）我為什麼演不成李小龍
（C）觀眾對這部舞臺劇的要求
（D）導演為什麼要導這部舞臺劇

（九）

　　你想節省每個月的電費支出嗎？那麼，就盡量穿輕鬆、方便的衣服吧！根據一項調查結果發現，居住和商業空間的電力消費，是全國電力消費的百分之三十，特別在六月到九月是用電尖峰時間。這項調查結果說，如果穿輕便的衣服，最適合的冷氣溫度是26到27℃，這個溫度比穿正式服裝時的舒服溫度低了1.6℃。因此，不穿西裝、不打領帶比穿正式服裝時，可減少百分之三的用電量。

34. 根據這篇文章所說，下面哪一個是**錯的**？
（A）每年六月到九月是用電的尖峰時間
（B）穿正式服裝工作，可以減少1.6℃的用電量
（C）為了節省電費，應該多穿輕鬆、方便的衣服
（D）居住和商業空間使用的電力，是全部電力消費的三成

（十）

　　投資藝術品的特性是：無擔保、高風險；流動性較小，適合中長期投資；高專業化；投資人積極參與管理……等等。在藝術品投資領域，無論是古玩市場或是拍賣公司，它們的默契都是「恕不保真」；藝術品的買賣，「真」是前提。真假的辨別是投資者面臨的最大風險，它往往要比評估上市公司、房產項目的投資價值難得多。因為藝術品的真假，往往只能靠「目視判斷」而無法藉助儀器、資料來證明。

35. 根據這篇文章所說，下面哪一個是**錯的**？
（A）藝術品買賣適合中長期投資
（B）藝術品投資比房產投資難得多
（C）藝術品的真假，多靠儀器與資料證明
（D）古玩市場或是拍賣公司都無法保證真假

（十一）

　　每天早上上班，騎車經過公園的時候，總是看見公園裡有很多人，他們慢跑的慢跑、跳健身舞的跳健身舞，跟朋友聊天的聊天；這裡面，中、老年人比較多，年輕一點的也有。七、八點經過時是這樣，有時早點出門，六點多時也是這種情形。

　　有些研究報告說，城市早上的空氣不一定乾淨，特別是大馬路旁邊的公園，只要想想附近趕著上班的人那麼多，汽車、機車排出來的廢氣，不都吸進這些人的身體裡了嗎？如果我有這種休閒時間，寧可留在家裡睡個早覺，也不想到外面當個吸塵器！

36. 文章中說，早上公園裡的人沒做什麼？
（A）聊天
（B）運動
（C）跳舞
（D）騎車

37. 作者要是早上有時間，他想做什麼？
（A） 用吸塵器做家事
（B） 做一些休閒活動
（C） 早一點出門上班
（D） 只想在家裡睡覺

（十二）

　　有一隻烏鴉口很渴，牠想喝水，後來牠在地上看見一個瓶子，裡面裝了一些水，水還算乾淨，可是很少，牠喝不到。牠想了一想，決定飛到河邊用嘴咬著石頭再飛回瓶子這裡，然後把石頭丟進瓶子裡去，這樣來來回回了十幾次，瓶子裡的石頭越來越多，水也就越來越高了，最後，牠終於喝到瓶子裡的水了。

　　等口不渴了，牠才忽然覺得：自己真笨啊！

38. 烏鴉為什麼咬著很多石頭丟進瓶子裡？因為牠
（A） 希望打破瓶子
（B） 想喝瓶子裡的水
（C） 喜歡來來回回地飛
（D） 希望瓶子裡的水更乾淨

39. 烏鴉為什麼覺得自己很笨？因為牠
（A） 應該直接把瓶子打翻
（B） 可以直接把瓶子打破
（C） 應該再多咬一些石頭
（D） 可以直接在河邊喝水

（十三）

　　芭樂的維他命C是橘子的八倍，是香蕉、鳳梨、番茄、西瓜的三十到八十倍，也是我們獲得維他命C最好的來源。吃芭樂不但可以增加身體抵抗力、預防癌症，還能夠幫助孩子對抗壓力，減少緊張的情緒。

　　傳播媒體也曾經報導過，芭樂有治療糖尿病的效果，但研究結果顯示，多吃芭樂並不一定能讓血糖降低，所以糖尿病患者接受醫師的治療、按時吃藥才是正確的作法。

　　另外，想讓自己的牙齦保持健康，吃芭樂也是一種好方法。維他命C是保護

牙齦健康的重要營養素，嚴重缺少維他命C的人，相當容易得牙周病。不過芭樂的種子很硬，吃了不容易消化，所以醫生建議大家吃芭樂時，最好不要連肉帶子一塊兒吃。

40. 根據這篇文章所說，下面哪一個是 **錯的** ？
（A） 番茄的維他命C比橘子多
（B） 芭樂的維他命C比橘子多得多
（C） 兒童吃芭樂可以減輕精神壓力
（D） 吃芭樂可以降低發生癌症的機會

41. 有糖尿病的人應該怎麼辦？
（A） 少吃芭樂
（B） 多吃芭樂降低血糖
（C） 吃芭樂可以增加糖尿病的抵抗力
（D） 還是應該讓醫生治療，並且好好吃藥

42. 醫生說，吃芭樂子好不好？
（A） 好，可以幫助消化
（B） 好，可以保護牙齦的健康
（C） 不好，太硬了，對消化有影響
（D） 不好，吃芭樂子很容易得牙周病

（十四）

　　我是一家中小企業的老闆。這幾年許多公司的生意都一年比一年糟糕，尤其是今年，在我公司附近已經一連倒閉了兩家工廠。生意之所以這麼不好，原因有兩個，一是政府提高了國內的最低勞工工資；一是受到了金融風暴的影響。
　　政府為了保障勞工的工作與生活權益，而提高他們的最低工資限制，真是把我們這些小企業整慘了。最低工資的限制讓我們的製造成本增加了兩成，因此我們不得不提高產品售價；但是這樣一來，我們的產品行銷根本沒有競爭力，使得我們的產值降低，而且銀行也增加許多貸款條件，我的公司簡直沒辦法繼續維持下去。所以半年前，我第一次裁員；那一次裁減了三分之一的員工。

　　雖然政府一直保證他們會採取一些政策來保護我們，但是卻沒有什麼動靜。再這樣下去，我怕我會血本無歸，於是最後我決定把公司撤出臺灣，把工廠遷到大陸去。這一次，我裁減了所有的員工。員工的抗議活動不斷，不過，我又能怎麼辦呢？

　　上星期，工廠外面又有抗議活動，而且一發不可收拾。被我裁減的員工跑進工廠破壞了許多工廠裡的設備。我認為政府應該想出更有效的政策，擴大引進外國勞工，這樣才能把企業留在臺灣，不然企業撤出臺灣只是早晚的問題了。

43. 根據這篇文章，哪一個**不是**這位老闆的公司生意不好的原因？
（A）受到金融風暴的影響
（B）政府規定了新的最低勞工工資
（C）政府保障勞工的工作及生活權益
（D）很多公司倒閉，或是把工廠搬到大陸去

44. 按這篇文章說的，政府提高了最低勞工工資，對企業來說，有什麼影響？
（A）銀行增加更多貸款金額
（B）成本增加了百分之二十
（C）只雇用三分之一的員工
（D）產品售價也提高了兩成

45. 根據這篇文章所說，政府為中小企業做了些什麼？
（A）採取了許多保護政策
（B）幫企業增加行銷競爭力
（C）提出保障勞工權益的政策
（D）答應幫助企業，卻沒做什麼事

46. 從這篇文章說的看起來，這位老闆認為政府應該怎麼做，才能解決工廠倒閉或是搬遷的問題？
（A）擴大引進外國勞工
（B）幫助被公司裁減的員工
（C）准許員工多舉行抗議活動
（D）收拾被員工破壞的工廠設備

（十五）

　　暑假快到了！又是青少年學生打工的熱門時間。不過教育單位提醒家長，要特別注意孩子打工時所碰到的工作陷阱，免得吃虧、上當。比方說，工作內容跟開始應徵時談的不一樣，工作環境很差，或是拿不到工資，這種新聞，七、八月的報紙幾乎天天都登。尤其是在暑假打工時交到壞朋友的事情有越來越多的趨勢；這也是父母在孩子要求去打工賺錢時，不能不考慮的問題。

　　根據統計，青少年學生在暑假打工，百分之四十五到泡沫紅茶店、便利商店與速食店當服務生，另外也有兩成到網路咖啡店或是電動遊戲店當計時員，而以上這些地方也是輟學生的最愛。學校常發現，許多青少年原來是好學生，可是經過暑假打工，卻變壞了，偷偷抽煙、喝酒不說，甚至於染上吸毒的壞習慣，這可能都是因為跟那些輟學的年輕人交朋友才造成的。

　　至於青少年因打工而上當的事情，常常是由於沒有完全了解工作內容，或是社會經驗不夠所造成的。這包括：原來想當服務生，卻變成到廚房裡工作，連續一個多月在又熱又亂的環境裡準備吃的東西，讓他們工作的價值觀受到很大的影響。另外，跟老闆談工作時，沒想到保護自己的權益，老闆沒有為這些青少年學生辦理工作保險，也沒有酬勞的書面契約，結果有人就是工作了兩個月，卻只拿到原來口頭約定的酬勞的一半；即使向政府單位申訴，效果也不大。

　　因此，教育單位再三提醒家長們，一定得關心自己孩子的打工情形，不要等到問題發生了再想辦法，因為那樣可能已經來不及了。

47. 根據這篇文章，青少年暑假打工時，哪一種情況越來越多？
（A）打工的工作環境差
（B）拿不到打工的薪水
（C）打工時交到壞朋友
（D）工作內容跟應徵時談的不一樣

48. 這篇文章說，輟學的青少年學生喜歡到哪些地方？
（A）泡沫紅茶店
（B）便利商店、速食店
（C）網路咖啡店或電動遊戲店
（D）以上這些場所，他們都愛去

49. 按照這篇文章所說，教育單位提醒青少年的父母們什麼事情？

（A）關心自己孩子的打工情形

（B）青少年拿不到打工薪水時，向政府單位申訴

（C）注意每年七、八月報紙登的打工陷阱的新聞

（D）注意孩子染上的抽煙、喝酒，甚至是吸毒的習慣

50. 根據這篇文章，下面哪一個是文章提到的？

（A）老闆給他們口頭約定的酬勞

（B）老闆沒影響青少年的工作價值觀

（C）老闆沒為打工學生辦理工作保險

（D）老闆幫打工的青少年準備吃的東西

❧ Answer Keys 模擬試題解答

第一回　答案

第一部分 選詞填空	1	B	2	D	3	C	4	A	5	D
	6	C	7	B	8	D	9	A	10	B
	11	A	12	D	13	B	14	C	15	B
	16	A	17	C	18	C	19	B	20	D
第二部分 閱讀理解	21	B	22	C	23	D	24	C	25	A
	26	B	27	D	28	C	29	A	30	C
	31	C	32	D	33	A	34	D	35	C
	36	B	37	D	38	C	39	D	40	B
	41	A	42	D	43	C	44	C	45	B
	46	A	47	D	48	A	49	B	50	D

第二回　答案

第一部分 選詞填空	1	C	2	D	3	A	4	A	5	B
	6	B	7	A	8	C	9	A	10	D
	11	A	12	C	13	B	14	B	15	D
	16	B	17	D	18	A	19	C	20	A

	21	D	22	A	23	B	24	B	25	C
第二部分 閱讀理解	26	B	27	D	28	B	29	D	30	A
	31	B	32	C	33	C	34	D	35	A
	36	C	37	D	38	C	39	A	40	A
	41	A	42	D	43	B	44	C	45	B
	46	B	47	B	48	B	49	A	50	C

第三回　答案

	1	B	2	A	3	D	4	B	5	C
第一部分 選詞填空	6	D	7	B	8	D	9	C	10	A
	11	B	12	A	13	C	14	D	15	C
	16	B	17	D	18	C	19	B	20	A
第二部分 閱讀理解	21	B	22	C	23	B	24	D	25	B
	26	C	27	A	28	B	29	A	30	D
	31	C	32	A	33	B	34	B	35	C
	36	D	37	D	38	B	39	D	40	A
	41	D	42	C	43	D	44	B	45	D
	46	A	47	C	48	D	49	A	50	C

Linking Chinese

看圖學中文語法：進階篇

2016年11月初版

2022年5月初版第六刷

有著作權‧翻印必究

Printed in Taiwan.

定價：新臺幣390元

策　　劃	國立臺灣師範國語教學中心
著　　者	劉　崇　仁
編　　審	張　莉　萍
特約審校	張　黛　琪
執行編輯	張　雯　雯
叢書主編	李　　　芃
校　　對	張　雯　雯
	陳　怡　靜
整體設計	桂沐設計

出　版　者	聯經出版事業股份有限公司
地　　　址	新北市汐止區大同路一段369號1樓
叢書主編電話	(02)86925588轉5305
台北聯經書房	台北市新生南路三段94號
電　　　話	(02)23620308
台中辦事處電話	(04)22312023
台中電子信箱	e-mail:linking2@ms42.hinet.net
郵政劃撥帳戶	第0100559-3號
郵　撥　電　話	(02)23620308
印　刷　者	文聯彩色製版印刷有限公司
總　經　銷	聯合發行股份有限公司
發　行　所	新北市新店區寶橋路235巷6弄6號
電　　　話	(02)29178022

副總編輯	陳　逸　華
總　編　輯	涂　豐　恩
總　經　理	陳　芝　宇
社　　長	羅　國　俊
發　行　人	林　載　爵

行政院新聞局出版事業登記證局版臺業字第0130號

本書如有缺頁，破損，倒裝請寄回台北聯經書房更換。　ISBN　978-957-08-4803-8 (平裝)

聯經網址 http://www.linkingbooks.com.tw

電子信箱 e-mail:linking@udngroup.com

著作財產權人　國立臺灣師範大學

地址：臺北市和平東路一段 162 號

電話：886-2-7734-5130

網址：http://mtc.ntnu.edu.tw/

E-mail：mtcbook613@gmail.com

國家圖書館出版品預行編目資料

看圖學中文語法：進階篇/劉崇仁著．張莉萍編．
初版．新北市．聯經．2016年11月（民105年）．232面．
19×26公分（Linking Chinese）
ISBN 978-957-08-4803-8（平裝）
[2022年5月初版第六刷]

1.漢語語法

802.6 　　　　　　　　　　　　　　105016007